Das doppelte Leben

Fernsehspiel-Bibliothek

Herausgegeben vom ORF
Leitung der Reihe: Gerald Szyszkowitz

Bisher erschienen:
Gernot Wolfgruber: Der Jagdgast
Thomas Pluch: Feuer!
Helmut Zenker: Drohbriefe – Kottan ermittelt
Wilhelm Pevny, Peter Turrini: Alpensaga
Peter Keglevic, Walter Kappacher: Die Jahre vergehen

Printed in Austria by Druckhaus R. Kiesel, Salzburg
ISBN 3-7017-0295-0

MICHAEL SCHARANG

Das doppelte Leben

EIN DREHBUCH

Residenz Verlag

Inhalt

Das doppelte Leben

EIN DREHBUCH

Die Personen

Anna	Herr Rabl	Sekretärin von Hans
Hans	Frau Rabl	Resolute Sekretärin
Kurt	Zoologe	Saufbruder
Willi Eckhardt	Invalide	Altes Ehepaar
Hirschmanner	Dozent	
Karl Lammer	Vinzenz Perner	

WOHNUNG HANS LAMMER. – Große Altbauwohnung in Wien innerhalb des Gürtels. Letzter Stock. Einfach und ohne Ambition eingerichtet, die Wohnung eines Intellektuellen. Vereinzelt ein wertvolles Stück, das nicht in die sonstige Umgebung paßt. Entweder hat der Wohnungsinhaber eine Erbschaft gemacht, oder er hat in letzter Zeit mehr verdient als früher.

Die Wohnung gehört Dr. Hans Lammer, 36, er lebt hier mit seiner Freundin, Anna Berg, 24.

Hans ist im Augenblick nur mit einer Hose bekleidet, sucht unter Dutzenden neuer Hemden das passende. Beim Probieren sticht er sich an Nadeln. Er entwickelt beim Ankleiden eine komische Geschäftigkeit, komisch, weil sie nicht zu seinem Naturell paßt. Er eilt in Annas Zimmer, an ihr Bett. Anna liegt im Halbschlaf.

Hans: Steh auf, du hast um neun Vorlesung.

Er eilt ins Badezimmer. Anna schaut verschlafen auf eine alte Standuhr, die auf dem Nachtkastl steht. Es ist sieben. Sie ärgert sich über Hans.

Anna: Nicht zu glauben…

Sie döst weiter.

Hans im Bad, die Tür ist offen.

Er macht Morgentoilette, mit einer Akkuratesse, als richte er sich für eine Rolle zurecht. Rasiert sich pedantisch. Anna, im Schlafzimmer, nackt, sucht ihren Bademantel, zieht ihn an, geht ins Vorzimmer, betrachtet sich im Spiegel. Sie sieht im Spiegel auch Hans. Verwundert schaut sie ihm zu. Hans merkt, daß Anna ihn beobachtet, fühlt sich ertappt, schließt heftig die Badezimmertür.

Anna: Wirklich nicht zu glauben…

Sie geht rasch zu einem Schrank, holt einen weißen Arbeitsmantel heraus, rollt ihn klein zusammen, geht zu ihrer Tasche, in der sich Lehrbücher und ein zusammengerollter schmutziger Arbeitsmantel befinden, nimmt den schmutzigen heraus, gibt den anderen hinein.

Hans (ruft aus dem Badezimmer): Soll ich dich von der Universität abholen?

Anna: Nein!

Hans: Warum nicht?

Anna macht eine abwehrende Geste.
Hans kommt aus dem Bad.

Hans: Was hast du gesagt?

Anna (in gespielter Naivität): Daß ich heut einmal versuchen möchte, ob ich allein nach Haus find.

BIEDERMEIERHAUS, STRASSE DAVOR. – Die Straße führt auf das Biedermeierhaus zu, teilt sich dort nach rechts und links.
Das Haus hat ein Stockwerk, ist hellgrün und weiß gestrichen, es wurde vor etwa zehn Jahren renoviert. An einigen Stellen bröckeln Farbe und Putz schon wieder ab.
Es steht in dem Wiener Vorort Hernals, in einer wenig ansprechenden Umgebung. Im Erdgeschoß liegt links vom Eingangstor der Altwaren- und Antiquitätenladen des Karl Lammer, rechts die Wohnung.
Im ersten Stock mehrere Wohnungen.
Über der Eingangstür ein Schild: Antiquitäten, Flaschen, Altpapier – Karl Lammer.
Anna geht auf das Haus zu. Sie trägt weiche, helle Hosen, eine ebensolche Bluse, flache Schuhe.
Sie ist groß und schlaksig; herausfordernd, wie sie die Füße über den Boden schleift. Schulterlange dunkle Haare, wenig gepflegt, sehr wache, doch ruhige Augen, die anziehend wirken.
Man könnte Anna ebensogut für eine Künstlerin wie für eine Sportlerin halten. Ihre Schönheit ist nicht ebenmäßig, alles an ihr ist entweder zu groß oder zu klein.
Sie geht in den Laden.

BIEDERMEIERHAUS, LADEN UND WERKSTATT, HOF, ZIMMER FERRY. – Anna kommt in den Laden. Niemand ist da. Sie geht über eine freie Holztreppe hinauf in die Werkstatt.

Anna: Herr Lammer?

Lammer ist nicht hier. Sie zieht den weißen Mantel an, richtet sich die Sachen für die Arbeit (Restauration eines Schrankes). Durch ein kleines hofseitiges Fenster hört man Musik. Jemand übt Stellen aus dem Klarinettenkonzert Mozarts.

Stimme Lammers aus dem Hof: He, kommen Sie runter!

Nach einer Weile:

Stimme Lammers aus dem Hof: Ferry!

Anna geht zum Fenster: Unten im Hof (Nußbaum, Tisch, Bänke) sind die Mieter des Hauses versammelt: das alte Ehepaar, der Zoologe, der Invalide und Karl Lammer, der gerade einen kleinen Stein aufhebt und ihn durch ein offenes Fenster im ersten Stock wirft.

Anna schaut dorthin: Sie sieht Ferry mit seiner Klarinette vor einem Notenständer. Er ist höchstens 25 Jahre alt, in Frackhose und weißem Leibchen. Er nützt nun eine Pause im Konzert, um zum Fenster zu gehen.

Ferry: Ich hör Sie doch.

Karl Lammer: Runterkommen sollen Sie.

Ferry: Ich hab Ihnen doch schon einmal gesagt, daß ich dafür bin!

Karl Lammer: Trotzdem!

Ferry verschwindet vom Fenster.

ZIMMER FERRY. – Eine Schallplatte läuft.

Ferry wartet auf seinen Einsatz, hebt die Klarinette an die Lippen, verpaßt den Einsatz, gibt den Tonarm einige Rillen zurück, wartet, setzt ein.

GANG VOR WOHNUNG HANS. – Immer wenn Hans – wie jetzt – gekleidet ist wie ein junger dynamischer Geschäftsmann, sieht er verkleidet aus.

Er ist groß, schmal, blasses Gesicht, eine schöne große Nase, schwarze gewellte Haare, zu lang für einen Geschäftsmann;

wirkt äußerst sensibel und introvertiert, aber nicht versponnen.
Hans kommt aus seiner Wohnung, sperrt sie ab. Er geht über den Gang in die nächste Tür.

BÜRO VON HANS. – Das Büro ist neben der Wohnung gelegen.
Die Sekretärin: etwa 40, eine hübsche intelligente Frau, fühlt sich in diesem Büro nicht nur der guten Bezahlung wegen wohl. Es macht ihr Spaß, einem unerfahrenen, mitunter unbeholfenen Chef zur Hand zu gehen. Das Verhältnis zwischen den beiden ist freundlich, nicht freundschaftlich.
Die Sekretärin legt ein Schriftstück nach dem andern auf Hans' Schreibtisch.
Hans kommt herein, sie begrüßen einander, er geht zu seinem Schreibtisch, legt die Sachen sorgfältig in seinen Aktenkoffer.
Er nimmt ein Blatt wieder heraus, gibt ein anderes hinein.

Hans: Das ist nicht richtig gereiht.

Wieder liegt etwas falsch, Hans ändert es.

Hans: Das auch nicht.

Die Sekretärin wundert sich, daß jemand eine solche Lappalie erwähnt.

Sekretärin (ironisch): Ach so?

Hans (selbstironisch): Wenn man nicht die nötige Routine hat, muß man das halt durch Organisation wettmachen.

Er sortiert pedantisch weiter.

Hans: Und wenn Herr Eckhardt anruft, sagen Sie ihm, ich habe mittags einen Termin.

Sekretärin (amüsiert): Sie *haben* mittags einen Termin.

Hans schaut erstaunt auf den Terminkalender.

Sekretärin: Herr Eckhardt hat vor einer Stunde angerufen.

BIEDERMEIERHAUS, HOF UND WIRTSCHAFTSGEBÄUDE. – Versammlung im Hof.
Karl Lammer ist ein großer, kräftiger alter Mann mit dichtem

Kraushaar, einem breiten flachen Gesicht und einer kleinen Nase. Er trägt immer altmodische Anzüge mit Gilet, von denen die meisten schon recht desolat sind.

Karl Lammer erklärt Anna, was los ist.

Man hört Ferry auf der Klarinette.

Im Hintergrund Wortfetzen: Debatte der Mieter über den Hauskauf.

Karl Lammer: Der alter Perner ist gestorben.

Anna: Mit 87 wird man doch sterben dürfen.

Karl Lammer: Und wir kaufen jetzt das Haus. Was sagst?

Anna: Das erbt sein Neffe, hat's geheißen.

Karl Lammer: Aber der braucht's nicht. Der geht doch nicht weg aus dem Burgenland, wenn er dort eine Putzerei hat.

Zoologe (ruft im Hintergrund): Ferry!

Anna: Das wird allerhand kosten.

Zoologe: Was ist mit Ihnen?

Ferry hört auf zu spielen.

Karl Lammer: Wir legen zusammen, alle. Wir sind uns schon einig.

Er wirbelt Anna herum, verreißt sich dabei das Kreuz.

Karl Lammer (unter Schmerzen): Au.

Anna (lieb): Reiben Sie sich lieber das Kreuz ein.

Ferry hat dem Zoologen nicht geantwortet.

Zornig steht der Zoologe auf, geht weg.

Invalider: Wo rennen *Sie* jetzt hin?

Der Zoologe geht in ein niedriges, zum Biedermeierhaus gehörendes Wirtschaftsgebäude, in dem neben Sachen von Lammer große Glasbehälter stehen, darin allerhand Gewürm. Der Zoologe füttert es. Ferry kommt herein.

Ferry: Ich bin schon da.

Der Zoologe beachtet ihn nicht.

Ferry: Was sagen deine Mitarbeiter zum Hauskauf?

Zoologe (nickt): Wenn's uns gehört, werden wir das Universitätsinstitut hierher verlegen.

GUTBÜRGERLICHES GASTHAUS. – Hans und Willi beim Essen. Eine große Platte für 2 Personen, voll mit Fleisch und Beilagen. Willi ißt heißhungrig. Hans hat nur ein paar Fisolen auf dem Teller, schneidet sie immer kleiner. Er sitzt betroffen da, bringt keinen Bissen hinunter. Jedem würde das sofort auffallen, nur Willi nicht.

Willi: – aber wie ich erfahren hab, daß ihr Mann in der Finanzdirektion sitzt, war sie für mich Luft.

Willi ißt.

Willi: Jetzt sind die Finanzer eh schon hinter mir her wie die Bluthunde – und dann noch ein *eifersüchtiger* – So scharf kann ich auf eine Frau gar nicht sein...

Willi schaufelt Essen von der Platte auf den Teller.

Willi: Nimm dir doch was...

Zögernd legt Hans einen Erdapfel auf seinen Teller.

Willi: Aber ordentlich! Sonst schmeckt's mir auch nicht.

Sogleich frißt er wieder in sich hinein.

Willi: Eine Traumfrau, sag ich dir, so richtig frustriert von ihrem Alten. Und auch sonst alles da. Eine feste Brust. Und Schenkel wie ein Sprungbrett.
Trotzdem: wie ich erfahren hab, was ihr Mann ist –
(Er macht eine Bewegung:) Schluß.

Er grinst und schaufelt die letzten Reste des Essens auf den Teller.

Willi: So wie wir neulich geredet haben... Immer *einen* Schritt vorausdenken. Nicht tausend. Wie du das früher gemacht hast. (Dozierend:) Immer *einen,* den *entscheidenden.*

Hans nickt beklommen.

Jetzt erst merkt Willi, daß mit Hans etwas nicht in Ordnung ist.

Willi: Was hast denn?

Hans versucht sich zusammenzureißen, er trinkt sein Krügel aus.

Hans (zum Kellner): Einen großen Gin.

Der Kellner beeilt sich. Willi klopft Hans auf die Schulter.

Willi: So ist's recht. Ich hab immer gewußt, daß du einen starken Punch hast – wenn du auch nicht so ausschaust. Ich bin stolz: wie du dich entwickelst!

Der Kellner bringt den Gin. Die beiden trinken.

Willi: Auf deinen Punch, Hans! Den werden wir brauchen. Jetzt muß es ruck-zuck gehen. Acht Jahr hab ich verloren, weil der Perner so lang nicht gestorben ist. (Lachend:) Dafür sind in der Zeit die Grundstückspreise ums Achtfache gestiegen. Du, das wird ein Geschäft. Aber vorher gehst aufs Gericht: die Burschen dort fachgerecht präparieren, wegen Abbruch und Delogierung.

Willi prostet Hans zu. Trinkt dann aus.

Willi: Jetzt sind wir bald die Nummer eins in unserer Branche.

Hans tut alles, damit sein Nicken zuversichtlich wirkt.

Willi (im Aufstehen): Der alte Rabl ist nicht mehr das, was er einmal war – da brauchst dir keine Sorgen machen. (Beiläufig:) Der glaubt übrigens von jedem Neuen, daß er für mich arbeitet.

WOHNUNG HANS. – Hans ist zum Ausgehen angezogen. Nervös geht er vor Anna auf und ab, die immer noch in der Unterwäsche herumsitzt.

Anna: Vielleicht zieh ich mich gar nicht an.

Hans (auffahrend): Was heißt...

Anna: Das heißt: du könntest zumindest den Vertrag aufsetzen. Du weißt doch, wie man ein Haus kauft – wo du seit einem Jahr nichts andres tust.

Hans: Du weißt, daß wir *beide* eingeladen sind, und der Rabl ist nicht irgendwer, der ist einer der wichtigsten Makler in Wien. Und nicht ungefährlich... Der macht jedem Schwierigkeiten, der neu ist in der Branche.

Anna: Hans, ich weiß, die Beziehung zu deinem Vater – – aber er ist über 70; 45 Jahre hat er in dem Haus gelebt.

Und wenn jetzt was schiefgeht...

Hans: Der Willi Eckhardt darf auf keinen Fall erwähnt werden, vergiß das nicht. Und wenn der Rabl was sagt: wir kennen den Eckhardt nur vom Hörensagen.

Anna schminkt sich ohne Spiegel; etwas zu viel.

Anna: Wär mir auch lieber.

NOBELRESTAURANT. – Herr und Frau Rabl, Anna und Hans nehmen an einem quadratischen Tisch Platz, die beiden Frauen und die beiden Männer sitzen einander gegenüber. Anna – übertrieben geschminkt – ist wütend auf Hans, sie ist übermütig entschlossen, ihr Problem bei Rabl loszuwerden. Rabl ist von ihrer Direktheit sofort angetan, weil er das erotisch versteht.

Anna (unvermittelt zu Rabl): Können *Sie* mir sagen, wie man das macht – ein Haus kaufen?

Rabl: Ein Haus? Wollen Sie auch ins Geschäft einsteigen?

Anna: Nur in eins, vorläufig.

Rabl: Ja... aber da kann Ihnen doch Ihr – das kann Ihnen doch der Herr Dr. Lammer genausogut sagen.

Anna: Der Herr Dr. Lammer? Wissen Sie ... der ist für eine absolute Trennung von Geschäft und Privatleben. Daheim darf nicht einmal das Wort »kaufen« fallen – schon stellt er alle Haare auf. (Schelmisch, naiv, leise zu Rabl:) Nicht alle.

Rabl lacht auf. Er bietet Anna eine Zigarette an. Sie rauchen, Anna macht nur zwei Züge.

Hans ist die Situation unangenehm.

Anna: Eigenartig, nicht?

Rabl nickt bedeutsam. Er steigt voll auf sie ein.

Rabl: Der Herr Doktor ist auch nicht irgendein beliebiger Geschäftsmann. (Zu Lammer:) Nicht wahr? Wenn ich mir anschau, was Sie bis jetzt so gemacht haben. Hut ab. Studium der Nationalökonomie... Assistent an der Universität...

Der Ober bringt die Speisekarten. Frau Rabl beginnt sofort, die Karte zu studieren. Hans ebenfalls.

Rabl (bedeutsam): ...und schließlich der Einstieg in die Politik... (lauernd:) ...wozu vermutlich immer schon eine Neigung vorhanden war.

Hans tut, als wollte er sich mit der Speisekarte beschäftigen.

Hans (nebenbei): Ich war nur Experte für Wirtschaftsfragen.

Rabl: Ich bitte Sie! Als Berater des Ministers! Da werden Sie doch um die Politik nicht herumgekommen sein.

Hans (stur): Doch!

Rabl: Und die Artikel, die Sie publiziert haben?!

Hans: Das waren *wissenschaftliche* Arbeiten.

Rabl: Unsere Wirtschaftsordnung in Frage stellen, ist das für Sie keine Politik?

Hans (fast schon aggressiv): Nein, das ist für mich Wissenschaft!

Frau Rabl will die Situation entschärfen, indem sie sich mit ihrer Karte zu Hans beugt.

Frau Rabl: Wenn Sie Lamm mögen – Herr Doktor...

Anna platzt heraus.

Frau Rabl: – das ist hier sehr gut.

Hans: Ja? – ich mag Lamm sehr gern.

Rabl lacht, rückt seinen Sessel näher zu Anna, wendet sich belustigt und zutraulich zu ihr und beginnt ihr zu erklären:

Rabl: Daß Sie mich nicht mißverstehen: mir imponiert das an Ihrem – am Herrn –

Anna: – an meinem Freund...

Frau Rabl und Hans bestellen beim Ober. Rabl und Anna sind noch nicht so weit, sie schäkern miteinander.

Rabl: – an Ihrem Freund, das imponiert mir an ihm, daß er gegen unsere Wirtschaftsordnung ist – und dann ausgerechnet Makler wird. Wo doch wir Makler gewissermaßen der Inbegriff der freien Wirtschaft sind.

Der Wein ist eingeschenkt.

Frau Rabl und Hans nippen, unterhalten sich förmlich.
Rabl und Anna prosten einander gutgelaunt zu.

Anna (ironisch): Deshalb wende ich mich ja voll Vertrauen an Sie.

Frau Rabl und Hans wird die Suppe serviert.
Rabl und Anna geben dem Ober lachend zu verstehen, daß sie noch immer nichts ausgewählt haben. Rabl rückt näher zu Anna, empfiehlt ihr einiges aus der Karte, legt eine Hand auf ihre.
Frau Rabl drückt ihrem Mann die Speisekarte in die Hand.

WOHNUNG HANS, ANNAS ZIMMER. – Anna und Hans im Bett, sie haben miteinander geschlafen. Anna ist eingenickt, Hans beobachtet sie.

Hans: Hörst du mich?

Anna nickt, ohne die Augen zu öffnen.

Hans: Du kannst dich nicht mit ihm verabreden und dann einfach nicht hingehen.

Anna: Wieso nicht?

Hans: Wenn er sich beleidigt fühlt, wird er noch mehr hinter mir herschnüffeln.

Anna schaut auf.

Anna: Willst du mich verkuppeln?

Hans: Verkuppeln! Du weißt doch – solang man offen zueinander ist, kann man sich auf jedes Spiel einlassen.

Anna: Man darf also jemand offen hintergehen, nicht aber heimlich.

Hans: Dreh mir nicht schon wieder die Wörter im Mund um.

Anna steckt die Finger zwischen seine Lippen und macht einige Drehbewegungen.

Hans: Was machst du?

Anna: Ich dreh die umgedrehten Wörter wieder gerade.

Hans lacht.

UNIVERSITÄT. – Vorlesungsschluß. Viele Studenten kommen heraus.
Anna sieht Rabl. Überlegt kurz, ob sie sich verdrücken soll. Geht dann doch auf ihn zu.
Er macht einen Vorschlag, sie lehnt ab. Sie macht einen Vorschlag, er stimmt mit wenig Begeisterung zu.

AMTSGEBÄUDE, TREPPE. – Amtsgebäude, in dem Grundbücher aufliegen. Anna bleibt stehen.

Anna: Sie wollten doch essen gehen – ich finde das unverschämt von mir. Ich werde mich schon selber zurechtfinden.

Rabl führt sie galant weiter.

Rabl: Selbst wenn Sie durch die Donau gehen – ich weiche nicht von Ihrer Seite.

Anna: Das ist lieb ... da muß ich nicht allein zur Demonstration.

Rabl: Demonstration?

Anna: Gegen den Export von Panzern.

Rabl: Geht zu so was überhaupt wer hin?

Anna: Zwei sind wir schon. Das ist ein guter Anfang.

Rabl: Um wieviel Uhr?

Anna: Um 5.

Rabl: Zu blöd, grad um 5 gehts nicht. Aber ich kann Sie nachher abholen. Dann rüsten wir bei einem guten Essen das wieder auf, was Sie vorher abgerüstet haben...

AMTSGEBÄUDE, GANG VOR SAAL. – Anna und Rabl gehen durch ein weitläufiges Amtsgebäude. Als sie endlich zu dem Trakt kommen, in dem die Grundbücher aufliegen, stoßen Sie auf eine verschlossene Tür.
Eine Tafel informiert: Wegen Renovierung Parteienverkehr nur von 10 bis 14 Uhr.
Rabl kann seine Verdrossenheit kaum unterdrücken. Er schwitzt, wirkt müde. Anna stellt das amüsiert fest.

Rabl: Na, dann halt morgen.

Anna: Rauchen wir eine?

Rabl: Gute Idee.

Anna und Rabl gehen zu einer Fensternische.

Anna: Ich kann das gar nicht glauben, was man über Sie sagt.

Rabl (rasch): Was denn?

Anna (zweideutig): Daß Sie ein gefährlicher Mann sind –

Sie setzt sich aufs Fensterbrett.

Anna: – einer, der die Konkurrenten haufenweise vernichtet.

Rabl bietet Anna eine Zigarette an, er gibt ihr Feuer, lehnt sich ans Fensterbrett. Sie rutscht zu ihm, legt die Hand auf seine Schulter. Er faßt sie um die Taille, schaut sie erwartungsvoll an.

Rabl (lachend): Ach, so meinen Sie das. Aber Angst haben nur die vor mir, die dreckige Geschäfte machen. Ich hoffe, Lammer gehört nicht dazu.

Anna: Der sicher nicht.

Rabl: Und Sie?

Rabl legt seine Hände auf Annas Schenkel.

Anna: Ich?

Rabl: Ich meine, ob *Sie* auch Angst vor mir haben?

Anna schaut ihn mit einem neugierigen Blick an, aus dem er nicht klug wird.

Er wird mit seinen Händen noch zudringlicher.

Anna schaut an sich hinunter.

Anna (freundlich): Ich hab Angst, daß ich mich verkühl.

Rabl zieht seine Hände zurück. Sie hopst vom Fensterbrett, tätschelt ihn liebevoll, schaut auf die Uhr, will was sagen. Er kommt ihr zuvor.

Rabl (enttäuscht): Ich muß jetzt leider gehen.

BEISEL MIT SCHANIGARTEN IN EINEM HOF. – Anna schlendert durch einen Hof zu einem Gasthaus mit Gärtchen. Sie pfeift eine Melodie aus dem Klarinettenkonzert. Sie muß einem Passanten ausweichen und streift dabei eine Stange, die zur Einfriedung des Gärtchens gehört. Eine Speisekarte flattert von der Stange, Anna hebt sie auf, liest sie. Sie möchte die Karte wieder befestigen. Nimmt ein Gummiringerl aus den Haaren, rollt die Karte um die Stange, gibt das Ringerl drüber. Sie geht in den Gastgarten, schaut sich nach einem Platz um.
Geschrei aus einem offenen Fenster im ersten Stock.

Kurt (laut): Mit mir nicht! Was glauben Sie denn! Mit mir nicht – Da schreib ich überhaupt nichts mehr!!

Ein junger Mann mit gelocktem langem Haar taucht im Fenster auf. Er hält eine Schreibmaschine zum Fenster hinaus, als wollte er sie auf die Straße werfen. Er wird zurückgerissen, dabei fällt die Maschine hinunter, zerschellt. Es wurde niemand gefährdet, dennoch regen sich die Leute fürchterlich auf.

Passant: Tot hätt einer sein können!

Ober: Von was denn?

Passantin: So rufen S' doch endlich die Polizei!

Der Ober geht ins Beisel.
Anna setzt sich in den Schanigarten.

Ein Folgetonhorn ist von der Straße her zu hören. Passanten eilen in Richtung Straße.
Der Ober geht zu Anna.

Ober: Entschuldigen Sie ... aber bei dem Wirbel, den die Leute machen ... wegen nichts und wieder nichts ... was wollen Sie denn trinken?

Anna: Haben Sie wirklich die Polizei verständigt?

Ober: Ich wüßt nicht warum.

Er vergißt die Bestellung aufzunehmen und geht.
Kurt kommt aus dem Haus gegenüber, sehr aufgewühlt, er setzt sich in den Gastgarten. Anna betrachtet ihn interessiert, er scheint ihr zu gefallen. Er beachtet sie nicht.

Der Ober bringt Kurt ein Krügel Bier, klopft ihm aufmunternd auf die Schulter. Kurt reagiert nicht.

Anna: Ich hätt auch gern ein Bier. Ein kleines.

Ober: Ja, sofort.

Kurt schaut auf, bemerkt, daß Anna ihn interessiert beobachtet. Sie wechseln Blicke, sie offen, er verlegen. Kurt steht auf und geht ins Beisel.

BEISEL MIT SCHANIGARTEN, SCHANKSTUBE.

Kurt (zum Ober): Die Dame draußen hätt gern ein Bier.

Der Ober drückt ihm ein Glas Bier in die Hand.

Ober: Dann bringen S' es ihr.

BEISEL MIT SCHANIGARTEN. – Kurt sitzt an Annas Tisch.

Kurt (mit dem Feuer eines jugendlichen Helden): – das war gestern. Und heute sagt er: Stellen Sie die Nachforschungen ein, Sie sind auf einer falschen Spur, das führt zu nichts! Dabei hat er von der ganzen Sache keine Ahnung!

Anna: Welches Interesse hat denn der Chefredakteur, Sie auf einmal kaltzustellen?

Kurt: Interesse? Der hat keine Interessen, der *vertritt* nur welche... Da hat wieder jemand interveniert.

Anna: Und können Sie was dagegen machen?

Kurt: Ich mach weiter. Und laß den Skandal trotzdem platzen. Und wenn ich dabei meinen Posten verlier. Mich können diese korrupten Schweine nicht einschüchtern.

Anna ist beeindruckt. Sie überkreuzt die Beine, fährt mit der Hand über die Sohle des Schuhs, erschrickt, zieht den Schuh aus, betrachtet die Sohle, die ein Loch hat.

Anna: Schon wieder der rechte!

Kurt: Ich kenn einen Schuster, der macht Ihnen das. Wukitschewitsch heißt er. Und der ist ... wie soll ich Ihnen das sagen ... der ist... (erstmals fröhlich) in einer Seitengasse von einer Seitengasse... Am besten, ich zeichne Ihnen das auf. Haben Sie was zu schreiben?

Anna schaut in ihre Tasche, in der sich unter anderem mehrere Kugelschreiber und Zettel befinden.

Anna: Nein. Ist auch nicht so wichtig.

Kurt: Doch.

Anna (lachend): Sie können sich ja vom Chefredakteur einen Kugelschreiber holen.

Sie grinst.

Kurt: Da hol ich lieber einen von zu Haus.

Anna: Ja!

WOHNUNG KURT. – Kurt lebt in einer Garçonnière, die wie eine Studentenbude eingerichtet ist.

Anna sitzt über Unterlagen, die Kurt zusammengetragen hat.

Er beobachtet sie lächelnd, kann sich nicht vorstellen, welches Interesse sie daran haben könnte.

Zaghaft streichelt er über ihr Haar. Sie macht keine Abwehrbewegung.

Er legt ihr eine Mappe mit Fotos vor. Sie schaut sich die Fotos an, stößt auf eins von Hans. Sie erschrickt, schaut dann Kurt an. Der nähert sich ihr, küßt sie, sie wehrt sich kaum.

Kurt: Das ist wahrscheinlich der kommende Mann in der Spekulantenmafia.

Anna: Der?

Kurt: Von einem gewissen Eckhardt hast du vielleicht schon gelesen.

Anna nickt. Kurt zeigt ihr ein Foto von Eckhardt.

Kurt: Das war der Schlimmste ... bis vor einiger Zeit. Ständig in irgendwelche Skandale verwickelt. Aber aufgeklärt ist nie was worden. Kein einziger Fall. Hinter dem stehen mächtige Leute. Oder standen hinter ihm. Ich glaub, der war nicht mehr tragbar, der hat schon zu viel Dreck am Stecken.

Anna (leise): So sieht er auch aus. Ein Stecken mit nichts als Dreck drumherum.

Kurt zieht Anna, während er redet, langsam aus.

Kurt: Der hat zu einer Zeit, als noch gar nicht sicher war, daß die UNO-City gebaut wird, jedenfalls nicht offiziell, da hat er in der Gegend Äcker aufgekauft, hektarweise. Dann wurde die UNO-City gebaut, und jetzt brauchen die ausländischen Beamten Wohnungen. Und auf einmal wurden die Äcker in Bauland umgewidmet. Ich geh der Sache nach, und was ist: das gehört gar nicht mehr dem Eckhardt! Es gehört diesem Lammer.

Er weist nochmals auf das Foto von Lammer.

Kurt: Dabei ist der Kerl noch nicht einmal ein Jahr im Geschäft. Und weißt du, wo er vorher war? In einem Ministerium! Handelsministerium!

Er nickt bedeutungsvoll.

Kurt: Den hol ich mir.

Anna (sehr leise): Ja, den holst du dir.

Anna ist erstarrt. Kurt zieht sie aufs Bett. Sie läßt alles mit sich geschehen, als wäre sie eine Puppe.

WOHNUNG HANS. – Anna bastelt an einem Teil eines Gletschermodells. Sie holt aus dem Badezimmer Rohmaterial. Hans geht ihr nach. Sie weicht ihm aus.

Hans: Das ist doch ein Hirngespinst mit dem Haus. Dieses lächerliche Besitzdenken! – Aber auf mich hört er ja nicht.

Anna: Und mich geht das nichts an.

Hans: Meine Mutter wäre sicher nicht so früh gestorben, wenn sie nicht in diesem feuchten Loch gelebt hätte.

Anna: Aber dein Vater stirbt vielleicht, wenn er nicht dort leben kann.

Hans: Unsinn. Ein Antiquitätengeschäft in der Vorstadt. Soll er sich ein neues Geschäft kaufen – in der Stadt. Ich leg gern was dazu.

Anna (leicht aggressiv): Was sagst du das mir?

Hans (aggressiv): Weil er auf dich hört.

Anna (doppeldeutig): Auf mich? Wer hört schon auf mich.

Hans (leichthin): Ich zum Beispiel.

Anna: Du? Entweder spielst du den Kasperl oder den Wissenschaftler.

Anna sagt das energisch und geht. Er geht ihr betroffen nach.

Hans: Hat dir das der Rabl eingeredet? – – Hast du ihn getroffen?

Anna sagt nichts. Sie wendet sich ihm zu.

Anna (trotzig): Natürlich. Ich war bei ihm.

Hans: Willst du damit sagen...

Anna: Ich will damit nur sagen, was *du* gesagt hast: daß man alles machen kann, wenn man offen darüber redet.

Hans: Also!

Sie setzt sich würdevoll in der Mitte des Zimmers auf den Teppich – wie eine Märchenerzählerin.

Anna: Wir sitzen in einem Gastgarten –

Hans: In welchem?

Anna: – und da merk ich, daß ich ein Loch im Schuh habe, schon wieder im rechten. – Ich zeig ihm den Schuh –

Hans: – dem Rabl?

Anna: – und er hat vollstes Verständnis für mein Problem, denn er selbst trägt seine Schuhe auch, so lang es irgendwie geht.

Hans setzt sich angespannt auf die Kante eines Stuhls.

Hans: Eine solide gemeinsame Basis!

Anna: Er hat mir von seinem Beruf erzählt – und ich war erstaunt, wie ernst er ihn nimmt. Er hat sich sehr besorgt gezeigt, daß der Beruf des Maklers immer mehr in Verruf gerät. Durch einige skrupellose Spekulanten.

Hans (auflachend): Ach – ja?

Anna: Und ich trau ihm auch zu, daß er etwas dagegen unternimmt.

Hans: Der schon. Der geht über Leichen.

Anna: Du auch?

Hans: Ich? Wieso?

Anna: Du willst dich doch rächen? Weil sie dich aus dem Ministerium gefeuert haben.

Hans (abwehrend): Rächen! Rächen!

Anna: Warum nicht? Ich hab das auch richtig gefunden. Du hast doch allerhand nachgewiesen: daß die ausländischen Konzerne bevorzugt werden, daß das zu einem nationalen Ausverkauf führt. Daß die Entwicklungshilfe ein Betrug ist. Daß der Umweltschutz eine Augenauswischerei ist. Aber auf einmal war die politische und wissenschaftliche Moral, auf die du dich immer berufen hast, nur noch was für Idioten. Und auf einmal sagst du, daß man gegen diese Dummheit und Korruption nur dann was ausrichtet, wenn man es noch ärger treibt als die anderen. Auf einmal war alles anders. Von deinem ganzen Zorn sind nur die Geschäfte mit dem Eckhardt geblieben.

Hans springt auf und rennt in sein Zimmer. Anna widmet sich dem Gletschermodell. Hans kommt nach einer Weile zurück.

Hans: Willst du mir vielleicht den Rabl als leuchtendes Beispiel hinstellen?

Anna schüttelt resigniert den Kopf. Hans setzt sich ihr gegenüber, schaut ihr zu.

PUTZEREI IN EINEM DORF IM BURGENLAND, DANN EINE STRASSE DAVOR. – Hans versuchte, einen gerissenen Geschäftsmann zu spielen, Vinzenz Perner ging nicht darauf ein. Dieser verläßt die Putzerei, in der sie verhandelt haben, steigt in sein Auto, das vor der Putzerei steht. Hans folgt ihm. Sie verhandeln durchs offene Autofenster weiter.

Hans: Herr Perner, 12 Millionen? Das ist doch ein Witz.

Perner startet verärgert das Auto.

Hans: Wissen Sie, was Ihnen die Steuer davon wegfrißt?

Perner (bestimmt): Das weiß ich. Deshalb will ich sechs offiziell – und die anderen sechs schwarz.

Hans: Einverstanden. Sagen wir vier Millionen auf Rechnung und vier so.

Perner: Ich kann das Haus ja auch an wen andern verkaufen.

Hans: Dann tun Sie's doch.

Hans geht. Perner stellt den Motor ab.

Hans dreht sich um.

Hans: Haben Sie eine neue Idee?

Perner steigt aus.

Perner: Na, gehn wir wieder rein.

UNIVERSITÄT, GEOLOGISCHES INSTITUT, BIBLIOTHEK UND STUDIENRAUM. – Studenten arbeiten an einem in der Mitte des Raumes aufgebauten Gletschermodell. Unter ihnen Anna. Sie packt ihre Sachen ein und stellt einige Bücher zurück. Kurt wartet bei der Tür auf sie.

Ein Dozent, verklemmter Typ, der an einer anderen Stelle der Bücherwand was sucht, kommt Anna näher, wobei er so tut, als suchte er ein Buch.

Anna beobachtet ihn leicht amüsiert; sie weiß längst, daß er ein Auge auf sie hat.

Anna (sehr freundlich): Kann ich Ihnen behilflich sein, Herr Dozent?

Der Dozent, sehr verwirrt, tut überrascht:

Dozent: Oh, Frau Berg ... danke ... aber kann ich Ihnen vielleicht helfen?

Anna: Wobei denn?

Dozent: Das heißt ... ich wollte Sie fragen ... ob Sie mit dem Referat gut vorankommen.

Anna blickt kurz zu Kurt.

Anna: Wenn ich nicht berufstätig wäre, ginge es besser.

Dozent: Ach ... und ich dachte – – Sie hätten ein Stipendium.

Anna: Und ich dachte, Sie hätten gedacht, ich würde mich von einem Mann aushalten lassen.

Dozent (empört): Wie kommen Sie darauf?

Anna: Wie kommen *Sie* darauf, das herumzuerzählen?

Dozent: Das war nicht ich.

Anna: Dann war's wahrscheinlich Ihr Über-Ich.

Sie geht zu Kurt. Die beiden verlassen übermütig den Seminarraum.

Der Dozent schaut ihnen verdutzt nach.

BÜRO HIRSCHMANNER. – Das Büro ist heruntergekommen, Hirschmanner versoffen. Ein Saufkumpan Hirschmanners liegt auf einem Diwan mit einem alten Teppich zugedeckt und schläft. Hans hat ihn nicht bemerkt.

Hans: Sicher kann ich das auch. Aber es schaut besser aus, wenn ein Rechtsanwalt das macht.

Hirschmanner reagiert nicht.

Hans (nach einer Weile): Das ist natürlich kein besonderes Geschäft für dich: eine Räumungsklage. Aber erstens können wir ausnahmsweise ein Sonderhonorar vereinbaren. Und zweitens würde ich mit dir gern auch weiter zusammenarbeiten. Und nicht nur einmal im Monat tarockieren.

Hirschmanner (nach einer Weile): Ob du es glaubst oder nicht – du bist für mich immer so etwas wie ein letzter Halt gewesen. Einer von uns, hab ich mir gesagt, der noch was tut, ein bißchen was wenigstens, für unsere Überzeugung von damals. (Plötzlich laut:) Aber Verräter war ich nie, wie der Eckhardt! (Vorwurfsvoll und traurig:) Und was machst du jetzt!? Das kann doch nicht wahr sein, Hans!

Der Saufkumpan ist munter geworden, dreht sich zu den beiden. Hans hat ihn bislang nicht bemerkt.

Saufkumpan: Was isn?

Hirschmanner geht zu ihm, dreht ihn zur Wand, klopft ihm auf die Schulter.

Eine ältliche Sekretärin kommt herein und deckt den Saufkumpan wieder zu.

Hans: Wer ist das?

Hirschmanner: Ich kenn ihn nicht. Wahrscheinlich ein noch ärmeres Schwein. Aber ist das wichtig?

Hans (ruhig): Du vergißt eins: während du jahrelang nur gesoffen hast, hab ich Erfahrungen gemacht. Bittere Erfahrungen.

Hirschmanner (erschöpft): Aber jetzt, jetzt machst du gute Erfahrungen, nicht wahr?

Hans: Das Geschäft ist für mich kein Selbstzweck. Ich möchte mir nur einen Freiraum schaffen für meine wissenschaftliche Arbeit, um endlich einmal unabhängig –

Hirschmanner unterbricht ihn.

Hirschmanner (bestimmt): Vor mir brauchst keine Ausreden erfinden.

Hans (nach einer Weile): Machst du die Räumungsklage?

Hirschmanner nickt zögernd. Hans legt ihm die Papiere auf den Schreibtisch.

Hans: Und schau, daß es schnell geht.

UNIVERSITÄT UND TELEFONZELLE DAVOR. – Anna und Kurt kommen eng umschlungen aus der Universität. Rabl wartet auf Anna. Die beiden gehen an ihm vorbei. Rabl steht fassungslos da, Anna dreht sich kurz nach ihm um. Rabl geht wütend weg.

Er kommt zu zwei Telefonzellen. Geht daran vorbei. Bleibt stehen. Geht zurück.

Vor den Telefonzellen: Beide sind besetzt. Rabl bleibt einen Moment stehen. Schaut Anna und Kurt nach.

Er hat es sich anders überlegt. Er geht weg.

GUTBÜRGERLICHES GASTHAUS. – Aus der Sicht von Hans: Ein Taxi hält. Eckhardt steigt aus, nachdem er sich vorsichtig umgeschaut hat. Er geht nicht gleich ins Gasthaus, sondern auf die gegenüberliegende Straßenseite, schaut sich noch einmal um.

Dann geht er rasch aufs Gasthaus zu.

Hans wartet schon. Er sitzt an einem Tisch beim Fenster. Eckhardt reibt sich triumphierend die Hände.

Eckhardt: Da wär wieder einmal was erledigt!

Hans (kleinlaut): Du, der Perner war gerissener, als wir gedacht haben.

Eckhardt macht eine wegwerfende Handbewegung.

Eckhardt: Eine Mittelmeerkreuzfahrt für den Chefredakteur, und schon schweigt die Zeitung.

Hans (verständnislos): Welche Zeitung?

Ober kommt zum Tisch.

Eckhardt: Die große Platte...

(Dozierend:) Paß einmal auf: Man muß eine Vorstellung von der Welt haben, verstehst du, eine ganz bestimmte. Wir haben früher immer vom *System* gesprochen.

Er verbessert sich.

Eckhardt: Von *der Gesellschaft.* Ein völlig leerer Begriff. Einen leeren Begriff wollten wir *verändern.* Das war das Debakel.

Hans: Da bin ich nicht deiner Meinung.

Eckhardt: Es geht doch nicht um Meinung, es geht um Effektivität. Und dazu brauchst du eine *praktische* Vorstellung von der Welt. Für mich ist sie ein Apparat. Und wir darin die Räder. Ich kann mich nur so schnell drehen wie das Rad, das in mich einrastet, und das wieder nur so schnell wie das nächste. Wenn ich diese Räder schmiere, laufen sie schneller und ich auch. Das ist ein Weltbild!

Hans: Und was hat das mit der Zeitung zu tun?

Eckhardt: Im ›Tagblatt‹ hat einer geglaubt, er kann das Rad Hans Lammer zum Stillstand bringen.

Hans (erstaunt): Mich?

Eckhardt (spöttisch lachend): Es gibt ja tatsächlich die interessante Frage, mit welchem Geld du die Grundstücke in der Nähe der UNO-City gekauft hast. Und die Antwort drauf könnte auch das Rad Willi Eckhardt langsamer laufen lassen.

Hans: Du hast den Chefredakteur bestochen?

Eckhardt: Reden wir nicht über gelöste Probleme! Das Haus, das ist jetzt dran.

Hans (vorsichtig): Ja, ja die Leute müssen raus, und umgeschrieben muß es werden...

Eckhardt: Also!

Hans (vor sich hin): Und auf meinen Namen...

Hans weicht Eckhardts Blick aus.

Eckhardt (aufgebracht): Was hast du denn schon wieder mit dem blöden Haus? Es läuft doch alles – oder?

Hans zwingt sich zu einem Lächeln, nickt.

Hans: Wie geschmiert.

Das Lächeln verschwindet sofort wieder. Eckhardt beobachtet das skeptisch.

Die Platte wird serviert.

Eckhardt: Hier können wir uns leider nicht mehr treffen. Wir müssen noch vorsichtiger sein.

BÜRO VON HANS. – Die Sekretärin häuft Arbeit auf Hans' Schreibtisch. Sie macht das, offenbar von Hans so angeleitet, nach einem schwer durchschaubaren, pedantischen System. Sie legt Zettel auf die diversen Papierstöße und numeriert sie: 1 / 1.1 / 1.2 / 2.21 / usw.

Hans kommt ins Büro, betrachtet wohlgefällig ihre Arbeit.

Hans: Wunderbar.

Die Sekretärin arbeitet weiter.

Hans schaut ihr versonnen zu, als ginge ihn das alles nichts an.

Hans (im Gehen): Wenn Sie wollen, können Sie Schluß machen.

Er geht.

Sekretärin: Aber der Punkt 1.4.2 ist unbedingt heute zu erledigen!

Sie richtet irritiert, aber ohne Panik, die Unterlagen zusammen, um sie ihm nachzutragen.

Hans ist schon draußen.

Vor der Universität. – Der alte Lammer kommt mit dem Dozenten aus der Universität. Sie bleiben auf der Freitreppe stehen. Der Dozent erklärt dem Alten, wo er Anna finden könnte. Die beiden trennen sich.

Espresso. – Anna verhält sich zu Kurt wie zu einem Menschen, den man mag. Anna und Kurt stehen an der Theke. Sie trinken Kaffee. Kurt hat aus Papier ein winziges Schiff gebastelt. Karl Lammer steht wie ein Pflock mitten im Lokal, beobachtet die beiden, weiß nicht, was er tun soll, steht den andern im Weg, stellt sich schließlich, als ein Platz frei wird, ebenfalls an die Theke.
Die Kellnerin hinter der Theke schaut ihn fragend an.

Karl Lammer: Einen kleinen Braunen.

Anna fährt herum.

Karl Lammer: Der Neffe von Perner hat das Haus bereits verkauft.

Anna (bestürzt): Warum denn?

Karl Lammer (unheimlich ruhig): Warum denn nicht? Hat ja ihm gehört.

Anna ist auf diese Antwort hin ratlos.

Anna (zu Kurt): Du ... entschuldige. (Zu Lammer:) Und an wen?

Karl Lammer: Das hat er mir nicht gesagt.

Kurt (zu Anna): Du ... ich muß in die Redaktion. Bis später.

Sie begleitet ihn einige Schritte, flüstert ihm was zu. Kurt geht. Anna kommt zu Lammer zurück.

Anna (zaghaft): Und wie geht's jetzt weiter?

Karl Lammer: Das fragst mich?

Anna: Ich kann's auch nicht ändern.

Lammer nickt langsam.

Anna: Außerdem muß ich noch was arbeiten im Institut.

Lammer nimmt seine Tasse und setzt sich mit dem Rücken zur Wand an einen kleinen Tisch.

Anna ärgert sich über den sturen Kerl.
Dann gibt sie sich einen Ruck. Sie setzt sich an den Tisch neben Lammer; holt ein Buch aus ihrer Tasche, knallt es auf den Tisch; sitzt in der gleichen trotzigen Haltung da wie er. Sie wendet Lammer den Rücken zu.

BÜRO VON HANS. – Im Büro hat die Sekretärin ihre Arbeit auf Hans' Schreibtisch abgeschlossen, sie nimmt die Papiere Punkt 1.4.2 und verläßt das Büro.

GANG VOR WOHNUNG HANS. – Die Sekretärin mit den Papieren in der Hand klopft an Hans' Wohnungstür, niemand öffnet, sie geht hinein.

WOHNUNG HANS, VORZIMMER UND ARBEITSZIMMER. – Die Sekretärin erblickt durch eine offene Tür Hans in seinem Arbeitszimmer. Sie nähert sich schüchtern. Hans bemerkt sie.

Hans: Kommen Sie nur rein.

Er nimmt von einem alten Fauteuil einen Stoß Bücher.

Hans: Bitte!

Sie setzt sich nicht. Sie sieht, daß zum Unterschied von seinem Büro hier eine (scheinbar) ungeheure Unordnung herrscht. Auch liegen Hans' Schuhe im Zimmer herum, ebenso sein Sakko und seine Krawatte. An den vielen Büchern und Skripten, die sich im Zimmer befinden, auch an den Wandtafeln ist ersichtlich, daß Hans sich mit Problemen der internationalen Wirtschaft, im besonderen mit der Nord-Süd-Problematik beschäftigt. Sie stellt sich vor eine der Wandtafeln mit den für sie unerklärlichen Diagrammen. Hans beobachtet sie.

Hans: Da sehen Sie, wie die Welt wirklich ausschaut. (Etwas unsicher:) Stellen Sie sich vor, Sie sind ein, ein Wirtschaftswissenschaftler... (Er möchte persönlich werden, kann sich aber nur indirekt ausdrücken:) Und Sie haben das Pech, eine eigene Meinung zu haben, weil Sie sozial denken. Dann stellt sich die Frage, wer die hören will. Die großen Konzerne? Die großen Parteien? Die Ministerien? Also niemand. Jedenfalls nicht hier bei uns. Aber irgendeinen Ausweg müssen Sie finden. Auch wissenschaftlich. Keine Nationalökonomie mehr, sondern internationale Probleme der Wirtschaft. Und Sie hoffen auf eine Chance in einer internationalen Organisation, in der auch Vertreter der Dritten Welt etwas zu sagen haben. Und bis Sie so weit sind, betreiben Sie ein Maklerbüro.

Hans bemerkt ihre Unsicherheit.

Hans: Keine Angst: Wenn ich hier einmal zusperre, bekommen Sie zwei Jahresgehälter. Aber sagen Sie niemandem was davon. Auch nicht dem Eckhardt.

Anna taucht in der Tür auf. Hans sieht sie, die Sekretärin kann Anna nicht sehen.

Anna: Und schon gar nicht mir.

Hans lacht, nimmt die Unterlagen, unterschreibt. Anna geht.

WOHNUNG HANS, ANNAS ZIMMER UND VORZIMMER UND BAD. – Anna hat ihren Arbeitsmantel ausgewaschen. Sie setzt sich in die leere Wanne, läßt sich von der Dusche berieseln. Reguliert mit den Zehen die Kalt-Warm-Knöpfe. Es gelingt nicht richtig. Einmal ist das Wasser zu kalt, einmal zu heiß.

Man hört die Sekretärin und Hans durchs Vorzimmer gehen. Hans steht in der Badezimmertür.

Hans: Ich hoffe, du bist mir nicht mehr bös.

Anna: – aber geh. (Nach einer Pause:) Das Problem mit dem Haus ist ja jetzt gelöst.

Hans erschrickt.

Hans: Was?

Anna ist verwundert über seine Reaktion.

Anna: Stört dich das?

Hans (schlagfertig): Im Gegenteil. Meinen Segen haben sie.

Anna: Das glaub ich, daß *die* deinen Segen haben – die, die's gekauft haben.

Hans: Wieso? Hat's denn nicht der Vater gekauft?

Anna schüttelt den Kopf.

Hans: Bin ich froh, daß ich mich da nicht eingemischt hab. Sonst tät's wieder heißen, ich bin schuld, daß es nicht geklappt hat.

Anna (nach einer Weile): Durchaus möglich.

Hans: Was?

Anna: Daß du schuld bist.

Hans (unsicher): Wie kommst du drauf?

Anna (sieht ihn an): Bei dem Beruf!

Hans: Das meinst du doch nicht ernst.

Anna (steigt aus der Wanne): Theoretisch ist es möglich.

Hans nimmt den Bademantel und legt in ihr mit einer erotischen Geste um.

Hans: Theoretisch ist alles möglich.

Anna: Nein. Ich würde ein Haus nur kaufen, um dort zu wohnen.

Anna geht aus dem Bad in ihr Zimmer. Beginnt sich anzuziehen.

Anna: Wohnung ist aber keine frei. Kommt also nur ein Spekulant in Frage. Und du bist einer.

Hans (aufgebracht): Ich – ein Spekulant.

Er geht empört in sein Zimmer.

WOHNUNG HANS, ARBEITSZIMMER UND VORZIMMER UND ANNAS ZIMMER. – Hans sitzt an seinem Schreibtisch. Anna ist ihm gefolgt.

Anna: Machst du doch wieder weiter?

Hans gibt keine Antwort.

Anna (teilnahmsvoll): Und wenn sich wieder niemand für deine Arbeit interessiert?

Hans zuckt mit den Schultern.

Anna: Es war doch immer so. Zuerst die Revolution, dann die Wahrheit der Wissenschaft. Und nie ist was draus geworden. Und ich bin die größte Katastrophe für dich.

Hans (freundlich): Vielleicht nicht? Statt zu malen, restaurierst du nur. – Und jetzt auch noch dieses komische Geologiestudium!

Anna: Stell dir vor, es gefällt mir.

Hans: Dir gefällt dein Trotz.

Anna: Immerhin versteh ich jetzt besser, warum ich gerne Landschaften gemalt hab. Was ich mir früher von außen angeschaut hab, schau ich mir jetzt von innen an. Ich schau jetzt nicht nur mit den Augen, sondern auch mit dem Kopf.

Hans (ironisch): Und was siehst du da?

Anna spielt ›Operngucker‹, spricht wie eine Wahrsagerin.

Anna: ... wie die Geschäfte von jemandem florieren, der früher behauptet hat, ihm sei nichts so zuwider wie Geschäftemacherei ... und wie einer, dem Frauen nie emanzipiert genug sind, seine Freundin an einen Konkurrenten verkuppelt ...

Hans (unterbricht sie): – hast wieder den Rabl getroffen?

Anna: Getroffen? Meine ganze Freizeit verbringe ich in seinem Bett.

Hans (lacht): Das ist es! Ich kann ohne deine Antworten nicht leben!

Er setzt sich auf die Lehne des Fauteuils, in dem sie sitzt.

Anna: Und ich nicht ohne deine dummen Fragen.

Sie streichelt ihn. Er erwidert die Zärtlichkeit. Sie schauen einander an, lachen herzlich. Er flüstert ihr etwas ins Ohr. Sie küßt ihn. Er rutscht von der Lehne, fällt zu Boden. Sie gleitet vom Fauteuil, als wäre sie von einer Kinderrutsche ungeschickt auf dem Boden gelandet.

BIEDERMEIERHAUS, HOF. – Der Invalide und das alte Ehepaar stehen beisammen. Karl Lammer schleppt alte Trümmer durch den Hof. Sie reagieren weiter nicht auf ihn.

Invalide: Und Sie glauben, da liest einer in der Zeitung ein Inserat und kauft das Haus, ohne daß er's vorher anschaut?

Mann: Ah, diese Geldleute, die fahren mit dem Auto vor,

werfen einen Blick auf das Objekt und haben's auch schon eingeschätzt. Wahrscheinlich war es um einen Pappenstiel zu haben. So wechseln doch jeden Tag Tausende Häuser den Besitzer. Und unserer ... was wird er denn schon viel machen? Ein bissel was renovieren, vielleicht, auch die Miete ... Dabei fahren wir immer noch besser, als wenn wir's selber gekauft hätten.

Frau (spöttisch): Du mußt es ja wissen, wie das ist mit die Geldleut.

UNIVERSITÄT, GEOLOGISCHES INSTITUT, STUDIERRAUM UND GANG. – Der Studierraum ist mit dem Gang durch eine Glastür verbunden.

Der Dozent möchte Hirschmanner, der sich krampfhaft bemüht, nicht zu torkeln, aus dem Institut weisen. Immer wieder weigert sich Hirschmanner.

Der Dozent dreht sich abrupt um und schießt auf die Glastür zu. Erschrocken weicht Anna zurück.

Dozent (erregt): Kommen Sie, Frau Berg!

Er zieht sie auf den Gang.

Dozent: Dieser Mann behauptet, Sie zu kennen.

Anna mustert Hirschmanner.

Anna: Darf er das nicht?

Der Dozent geht wütend.

Dozent: Gratuliere.

Hirschmanner: Kann man sich hier irgendwo hinsetzen?

Anna merkt, daß Hirschmanner unsicher auf den Beinen ist. Bringt ihm einen Sessel, der in der Nähe steht. Hirschmanner setzt sich.

Anna: Herr Hirschmanner, ist Ihnen schlecht?

Hirschmanner konzentriert sich. Er schaut auf die leere Wand vor sich.

Hirschmanner: Würde es Ihnen was ausmachen, wenn ich Sie bitte, keine Fragen zu stellen?

Anna schüttelt den Kopf.

Hirschmanner: Der nunmehrige Besitzer des Hauses in der Schubertgasse, in welchem Sie als Restaurator arbeiten, wie ich von Hans weiß – der hat einen Rechtsanwalt beauftragt, um bei Gericht eine Kündigungsklage einzubringen, verbunden mit einem Räumungsbegehren. Es ist dem nunmehrigen Besitzer gelungen, das Haus als abbruchreif erklären zu lassen – ein äußerst undurchsichtiger Vorgang. (Nach einer Weile:) Ich hab vergessen, vorauszuschicken, daß ich der Freund eines Anwalts bin, der zufällig von dieser Sache erfahren hat, und daß ich Ihnen diese Mitteilung nur machen kann, wenn Sie versprechen, niemandem davon zu erzählen.

Anna nickt unsicher.

Hirschmanner schaut sie auch jetzt nicht an.

Hirschmanner: Der gegnerische Anwalt hat bei Gericht erwirkt, daß die Ladungen an die Mieter per Gerichtsvollzieher zugestellt werden. Das wird Freitag in einer Woche sein. Zwischen neun und zehn.

Hirschmanner wirkt äußerst mitgenommen von diesem Vortrag. Er kramt nervös in seinen Taschen. Findet eine Zigarettenschachtel, aber kein Feuer.

Hirschmanner: Haben Sie vielleicht Feuer?

Anna eilt in den Studierraum. Sie bittet einen Kollegen um ein Feuerzeug. Als sie damit zurückkommt, findet sie nur mehr eine zerknüllte Zigarettenschachtel.

BIEDERMEIERHAUS, LADEN UND WERKSTATT. – Lammer hat eine Drechslerarbeit unterbrochen, um Anna zuzuhören. Er stiert betroffen vor sich hin.

Anna (ungehalten): Sagen Sie doch endlich was!

Lammer nickt fast weinerlich und kann nichts sagen.

Anna versucht sich durch Arbeit abzulenken: Sie drückt aus neuen Tuben Farben und mischt sie. (Für die Restaurierung eines Bauernschrankes.) Sie ist mit den Farben unzufrieden.

Anna: Diese Farben taugen nichts.

Karl Lammer (aggressiv): Es sind dieselben wie immer.

Anna: Sind sie nicht.

Karl Lammer: Sag, hältst du mich für blöd?

Anna: Ja! Weil Sie's immer wieder versuchen. Aber ich arbeit nicht mit diesem Dreck!

Karl Lammer (herrscht sie an): Glaubst, ich laß jetzt alles liegen und stehen und geh Farben kaufen?

Anna: Dann geh ich.

Sie legt die Pinsel hin, zieht den Arbeitsmantel aus, geht hinunter.

Karl Lammer: Wart! Ich hab eine Idee.

Er eilt ihr nach, sie ist schon weg.

BIEDERMEIERHAUS, STRASSE DAVOR. – Lammer kommt aus dem Laden, sieht ihr nach. Anna geht die Straße hinunter, ohne sich umzusehen. Ferry kommt mit seiner Klarinettentasche aus dem Haus. Er hat es eilig.

Ferry (im Vorbeigehen zu Lammer): Na, geht was weiter mit dem Haus?

Karl Lammer: Ja, aus ist es.

Ferry dreht sich erschrocken um.

Ferry: Wieso?

GANG VOR WOHNUNG KURT. – Kurt öffnet. Anna steht vor der Tür. Er umarmt sie. Anna hat ein Sackerl von einer Farbenhandlung in der Hand. Er will sie küssen. Sie weicht seinem Mund aus und sagt ihm ins Ohr:

Anna: Du mußt mir helfen, Kurt, das Haus wird abgerissen.

BÜRO VON HANS. – Hans telefoniert im Zimmer der Sekretärin. Sie hört auf zu tippen.

Hans: Herr Kommerzialrat Rabl?... Meine Verehrung... ich hab's schon einige Male bei Ihnen probiert – Sie auch? (Hans hört zu.) Ja, richtig, die Enquete gegen das neue

Mietengesetz … ich hatte leider keine Zeit … (Hans hört zu.) Keine Lust? Wie kommen Sie darauf? (Hört zu.) Anna?

Bald ist er außer sich vor Verlegenheit und Wut. Er versucht sich zu beherrschen.

Hans: In aller Öffentlichkeit? Das muß Ihnen aber peinlich gewesen sein.

WOHNUNG KURT. – Kurt baut sein Sofa zu einem Bett um. Anna sitzt bei Tisch. Auf zwei Tellern befinden sich Essensreste.

Kurt (vorwurfsvoll): Du tauchst auf, und dann verschwindest du wieder für ein paar Tage. Recht mysteriös auf die Dauer.

Anna (sanft ablenkend): Was willst von mir wissen? Den halben Tag arbeit ich, den andern halben studier ich. Und manchmal passiert ein Unglück, und ich steh hilflos da –

Kurt: Weich mir nicht aus. Wenn du mich nicht magst, dann sag's gleich.

Anna: Was hättest du davon?

Kurt: Gewißheit.

Anna: Und von der Gewißheit, was hättest von der?

Kurt (ernst): Ich brauch dich, Anna. Ohne dich hätt ich schon kapituliert.

Anna: Meinetwegen brauchst bei der Zeitung nicht den Helden spielen – oder den Märtyrer.

Kurt hält Anna auf. Stellt sich vor sie.

Kurt: Warum machst du alles so herunter?

Anna: Ich erwarte mir lieber zu wenig als zuviel.

Kurt: Ich hab dir doch versprochen, daß ich dir helfe wegen dem Haus. Und was versprichst du mir?

Anna lächelt. Sie küßt ihn. Sie gehen zum Bett.

Anna: Nichts.

WOHNUNG HANS, ANNAS ZIMMER UND VORZIMMER UND STIEGENHAUS. – Hans sitzt in Annas Zimmer, in Gedanken versunken. Anna taucht in der Tür auf. Er tut, als bemerkte er sie nicht.

Anna beobachtet ihn.

Anna (nach einer Weile): Bist du auf den Mund gefallen?

Hans: Nein... aus allen Wolken.

Anna: Ich auch.

Hans (irritiert): Und wie bist du gelandet?

Anna: Recht hart.

Hans: Ich auch.

Anna: Ist ein Geschäft geplatzt? (Nach einer Weile:) Oder hast dich verrechnet? Bei der Wasserzuteilung für die Sahelzone?

Hans (überlegen ruhig): Nein, bei dir.

Anna (nach einer Weile): Bei mir? Interessant.

Er steht auf. Auf und ab gehend, zwingt er sich zur Ruhe.

Hans: Es ist nicht der Rabl. Es ist ein anderer.

Anna: Ach so.

Er zwingt sich weiter zur Ruhe.

Hans: Warum auch nicht. Wir sind einander zu nichts verpflichtet. Es kann jeder machen, was er will. Ich rege mich auch nicht auf... Ich stelle nur fest.

Anna lehnt sich starr an die Wand.

Anna: Das ist *deine* Theorie. Und du weißt, daß ich sie richtig und zugleich abscheulich finde.

Hans (aufbrausend): Dann hab *ich* eine abscheuliche Theorie, von mir aus – aber du hast eine abscheuliche Praxis!

Anna: So ergänzen wir einander.

Hans: Spar dir deine blöden Witze.

Anna: Ich bin kein sparsamer Mensch.

Hans (wütend): Aber ein hundsgemeiner... und blöd obendrein. Verlogen und blöd. Eine miese Schlampe, die gleich auf der erstbesten Parkbank zu haben ist.

Er faßt sich an den Kopf.

Hans: Und mit so was rede ich über Offenheit, über Emanzipation!

Anna (mit unterdrückter Wut): Bist du jetzt fertig? (Nach einer Weile:) Dann sag *ich* dir was: Das Haus von deinem Vater wird abgerissen...

Hans stellt sich Anna gegenüber.

Hans: Ist auch höchste Zeit.

Anna wendet sich ab und geht. Sie verläßt die Wohnung. Die Wohnungstür bleibt offen.

Hans rennt ihr nach, bleibt im Stiegenhaus stehen. Schreit ihr nach:

Hans: Am besten, du ziehst gleich hin. Und tummel dich. Sonst steht's vielleicht nicht mehr!

Er rennt zurück in die Wohnung, in Annas Zimmer, schlägt auf ihre Sachen ein.

BIEDERMEIERHAUS, STRASSE DAVOR. – Anna steht vor der Tür des Ladens, sucht den Schlüssel, findet ihn endlich.

Sie sperrt auf und geht hinein.

REDAKTION DES »TAGBLATTES«. – Ein alter Redaktionssaal, den Kurt mit vielen Kollegen teilt. In einem Glaskobel der Ressortchef.

Anna sitzt neben Kurts Schreibtisch, an den ein zweiter anschließt. Der Redakteur, der dort arbeitet, ist von Kurts und Annas Gespräch irritiert.

Anna hat diese Situation gewählt: Kurt muß ruhig bleiben.

Kurt (fassungslos): Mit dem Hans Lammer?

Anna: Mit wem sonst?

Kurt: Lange schon?

Anna: Lang genug.

Kurt (drängt): Komm. Wir können in der Kantine was trinken.

Anna (wehrt ab): Ich wollt dir das nur sagen und gleich wieder gehen.

Kurt (etwas lauter): Du tust, als wär das nichts...

Anna: Wenn's nichts wär, würd ich's dir nicht sagen...

Der Kollege steht unwirsch auf.

Kurt (zum Kollegen): Nein, nein, bleib nur... wir gehn.

Kollege: Ich geh in die Setzerei.

Er geht.

Kurt schaut Anna lange an, eine Zeitlang erwidert sie seinen Blick, dann schaut sie an ihm vorbei.

Anna: Ich hab es dir gesagt –

Er schaut sie erwartungsvoll an.

Anna: – damit du nicht glaubst, ich hab dir was zu verschweigen. Mit seinen Geschäften hab ich aber nichts zu tun.

Kurt ist enttäuscht und eifersüchtig.

Kurt: Ah, deshalb... nur deshalb hast du es mir gesagt?

Anna sagt nichts.

Kurt: Und das, was du von mir über ihn weißt, genügt dir das nicht?

Anna: Du hast selbst gesagt, du hast keine Beweise.

Kurt: Nicht genug. Noch nicht.

Anna: Du, Kurt... das Haus... daß der Lammer was damit zu tun hat – hältst du das für möglich?

Kurt zuckt mit den Schultern.

Anna: Ich muß das wissen.

Kurt (ironisch): Du brauchst nur in seinem Büro nachschauen. Du sitzt ja an der Quelle.

Anna (lieb): Sag das nicht so.

Sie legt ihre Hand auf seinen Arm.

BIEDERMEIERHAUS, LADEN. – Hans ist sehr übernächtig. Unrasiert.

Karl Lammer (besorgt): Wie schaust denn du aus? Hast nicht geschlafen?

Hans: Sag schon: Wo ist sie?

Man hört Ferry üben.

Hans wendet sich vom besorgten Vater ab.

Karl Lammer: Oder hast gesoffen?

Hans schaut ihn herausfordernd an.

Hans: Spiel nicht den besorgten Vater. Das paßt jetzt nicht.

Karl Lammer (ebenfalls aufgebracht): Und du spiel nicht den Goscherten. Das paßt nämlich nie.

Hans wendet sich zur Tür. Lammer faßt ihn am Arm.

Karl Lammer: Du ausgewachsener Depp, sei nicht immer so angerührt. Sag gscheiter, was los ist.

Hans: Ich will endlich wissen, wo sie ist.

Karl Lammer (besorgt): Habt's wieder gestritten.

Hans stiert zu Boden.

Karl Lammer: Dann trink wenigstens was.

Hans nickt.

Hans: Hast ein Mineralwasser?

Lammer nimmt aus einem Regal eine große Apfelsaftflasche. Er faßt Hans am Arm.

Karl Lammer: Und die frische Luft wird dir auch nicht schaden.

Er führt Hans durch den Hinterausgang in den Hof.

BIEDERMEIERHAUS, HOF. – Die beiden sitzen in der Sonne auf einer Bank.

Ferry übt.

Hans (belehrend): Du sagst, du bist im Recht. Und du wirst dich nicht von hier vertreiben lassen. Gut. Nehmen wir nun an, daß du nicht im Recht bist.

Lammer springt auf, Hans zieht ihn auf die Bank.

Hans: Wir nehmen es ja nur an. In dem Fall könnt ich zum neuen Besitzer gehen und versuchen, günstige Bedingungen für euch herausholen. Jedem Mieter eine ordentliche Ersatzwohnung, und dir ein neues Geschäft.

Karl Lammer: Hans, du verstehst mich nicht. Wenn du schon mit dem neuen Besitzer redest, dann sag ihm doch, daß er es entweder stehen läßt oder an uns verkauft. Er hat ja nichts von dem Haus, weil er uns nicht hinauskriegt.

Hans: Er kriegt euch raus.

Karl Lammer: Nie!

Hans: Dann brauch ich gar nicht verhandeln.

Karl Lammer (eindringlich): O ja, Hans, red mit ihm, sag ihm, was ich dir gesagt hab.

Hans: Das ist doch sinnlos. Ich kenn diese Burschen.

Karl Lammer: Natürlich – bist ja jetzt selber so einer.

Hans (auffahrend, ironisch): So einer? Du hast dich immer beklagt, daß aus mir nichts Ordentliches wird. Jetzt bin ich was.

Karl Lammer (verlegen): So hab ich das nicht gemeint, Hans. Und red mit ihm. Sonst muß ich mich am End noch aufhängen.

Hans (nebenher): Ich tät mich auch am liebsten aufhängen.

Karl Lammer (schreit unvermittelt): Du auch? Warum denn du?

Hans steht auf, geht zur Tür, Lammer rennt ihm nach.

Karl Lammer (versöhnlich): Bleib noch, Hans. Komm.

Hans geht.

Hans: Ich bin zu müd.

Lammer geht in die Werkstatt hinauf.

WOHNUNG HANS. VORZIMMER UND ARBEITSZIMMER UND ANNAS ZIMMER. – Anna betritt vorsichtig die Wohnung, sieht Hans. Er liegt unrasiert, tief schlafend in seinem Arbeitszimmer auf einem Sofa. Reste einer allein durchzechten Nacht. Sein Sakko liegt auf dem Fußboden.

Geht in ihr Zimmer, in dem Hans getobt hat.

Kommt zurück ins Arbeitszimmer. Betrachtet Hans. Nimmt das Sakko auf dem Boden wahr, tritt mit dem Fuß dagegen. Ein Schlüsselbund klirrt.

Hans schläft weiter. Sie bückt sich und nimmt den Schlüsselbund an sich.

BÜRO VON HANS. – Die Sekretärin macht Dienstschluß. Sie reagiert auf das Türgeräusch.

Sekretärin: Ja –?

Anna steht der Sekretärin etwas unbeholfen gegenüber.

Anna: Ich weiß nicht, ob ich mit Ihnen darüber reden kann...

Sekretärin (vertraulich): Warum nicht?

Anna: Es müßte – unter uns bleiben.

Sekretärin: Wem sollte ich es erzählen... Herr Dr. Lammer redet fast nie was Privates. Er ist halt so.

Anna (betrübt): Ja – zu mir auch. Ich glaub, er verschweigt mir was.

Sekretärin (nach einer Weile, mitfühlend): Mir ist nie was Verdächtiges aufgefallen. Eine Frau war nie hier. Und – alles, was im Büro herumliegt, kenne ich.

Anna: Es ist einem schon leichter, wenn man mit wem drüber reden kann.

Sekretärin (zuvorkommend): Sie können sich gern umschauen. (Im Gehen:) Nur, wenn Sie bitte zusperren.

Sie geht.

Anna ist allein im Büro. Sie nimmt die Schlüssel und versucht den Tresor zu öffnen.

WOHNUNG HANS, ARBEITSZIMMER UND VORZIMMER. – Hans erwacht. Steht langsam auf. Sieht das Sakko auf dem Boden. Hebt es auf. Hängt es im Vorzimmer in die Garderobe.

BÜRO VON HANS. – Anna vor dem Tresor. Ein Schlüssel paßt. Im Tresor liegt eine kleine Notizmappe, in die handgeschriebene Zettel eingeheftet sind. Sonst ist nichts im Tresor.

Anna schaut sich um. Sie geht mit der Mappe zum Kopierapparat. Sie schaltet ihn ein.

WOHNUNG HANS, VORZIMMER UND BAD UND ARBEITSZIMMER UND ANNAS ZIMMER. – Hans duscht. Anna kommt ins Vorzimmer, sie hat ein Kuvert in der Hand, sie sieht das Sakko und erschrickt. Sie merkt, daß Hans im Bad ist. Plötzlich ein Schrei: Hans duscht sich kalt.

Erleichtert steckt sie die Schlüssel ins Sakko zurück. Sie will rasch in ihr Zimmer, stößt den Schirmständer um. Hans springt mit einem Satz aus dem Bad.

Anna (etwas unsicher): Ich bin wieder da.

Hans wirft einen Bademantel um und geht fröhlich auf sie zu. Er tut so, als wäre sie eine Erscheinung. Er tastet sie vorsichtig ab. Anna weiß nicht, wohin mit dem Kuvert.

Hans: Tatsächlich, sie ist wieder da.

Anna: Sei nicht so blöd.

Hans spielt sein Spiel weiter.

Hans: Nicht, bevor du mir verziehen hast.

Anna: Wenn ich dir nicht verzeihe – dann bleibst du so blöd?

Hans nickt komisch demütig.

Anna: Ob das nicht einen Versuch wert wäre.

Anna hebt einen Schirm auf, drückt ihn ihm in die Hand, läßt ihn damit stehen und geht mit dem Kuvert rasch in ihr Zimmer.

STUDENTENBEISEL. – Ehemaliges Beisel revolutionärer Studenten, das nun von Alternativos bevölkert wird.

In der Küche steht ein Tisch für die Stammgäste von früher.

Hirschmanner und Eckhardt beim Zweierschnapsen.

Tarockkarten liegen auch am Tisch.

Hirschmanner wirkt nervös.

Eckhardt winkt dem Wirt.

Eckhardt: Wladimir, zwei Viertel Roten.

Hirschmanner: Nur eins. Für mich einen großen Gin.

Eckhardt: Nein. Zwei Viertel und keinen Gin.

Der Wirt nickt und geht.

Hirschmanner schaut Eckhardt böse an.

Eckhardt (jovial): Einen klaren Kopf beim Kartenspielen, einen halbwegs klaren Kopf. Das hast du bis jetzt einmal im Monat geschafft – warum nicht auch heute.

Hirschmanner: Weil was dazwischen gekommen ist.

Eckhardt: Was denn?

Hirschmanner spielt aus.

Hirschmanner: Das geht dich nichts an. Privatsache.

Eckhardt spielt aus.

Eckhardt: Sind wir hier nicht privat?

Hirschmanner: Nein. Wir sind hier in einem Museum. Als Mumien.

Hans kommt gelöst dazu. Eckhardt freut sich. Hirschmanner reagiert weiter nicht.

Hans setzt sich.

Hirschmanner: Die Mumien der Studentenrevolution.

Eckhardt (lachend): Ist das schlecht?

Eckhardt deutet hinaus in den Gastraum. Man sieht einige Alternativler, die sich um einen Tisch versammeln.

Eckhardt: Schau dir unsere Nachfolger an, die kennen das Wort Revolution gar nicht mehr. Weißt du, was die grad machen: Eine Kampagne für Radfahrwege bereiten sie vor.

Hirschmanner: Vielleicht bleiben s' dabei lebendiger als ihr. Ihr seid schon so tot, daß ihr gar nicht mehr darüber nachdenken könnt. Über das, was ihr einmal gewollt habt. Angeblich.

Eckhardt: Was denn?

Hirschmanner teilt Tarockkarten aus. Eckhardt wartet auf eine Antwort.

Hirschmanner: Spiel aus.

Eckhardt spielt aus. Dann Hans usw. Keiner schaut Hirschmanner an. Jeder ist froh, daß er nicht weiterspricht.

Hirschmanner (unvermittelt, ohne das Spiel zu unterbrechen): Ich wollt meinem Vater zeigen, daß man auch anders sein kann als er.

Eckhardt (lacht dumm): Was dir ja gelungen ist.

Der Wirt bringt automatisch drei Viertel, also auch eines für Hans.

Hirschmanner: Einen großen Gin, hab ich gesagt.

Der Wirt schaut Eckhardt an, der nichts sagt.

Der Wirt nickt Hirschmanner zu.

Sie spielen. Die Situation scheint wieder entspannt zu sein.

Hirschmanner (unvermittelt zu Hans): Dir ist es nur um die Wissenschaft gegangen. Um eine freie und unabhängige Wissenschaft.

Hirschmanner (nach einer Weile, lakonisch): Besser als nichts.

Er spielt aus. Hans überhört die Bemerkung, spielt auch aus. Eckhardt zögert, ob er etwas sagen soll, kann es doch nicht lassen.

Eckhardt (höhnisch): Und dir um die Weltrevolution.

Hirschmanner reagiert zuerst nicht, spielt weiter.

Hirschmanner (ruhig): Und du warst damals schon ein Parasit.

Er konzentriert sich auf die Karten.

Hirschmanner (nach einer Weile ganz ruhig): Wer hat denn immer von Mäßigung gesprochen? Und von Vernunft?

Der Wirt bringt den Gin. Hirschmanner greift zuerst rasch nach dem Glas, hält es dann aber ruhig in der Hand, schließlich stellt er es ab und spielt weiter.

Hirschmanner: Ich hab damals schon gewußt, was das für Leute sind, die Mäßigen ... die Vernünftigen. Eine mäßige Vernunft haben sie.

Er will trinken, da fällt ihm noch was ein.

Hirschmanner: Hirn auf Sparflamme. In einem korrupten Kopf.

Er hebt das Glas in Richtung Eckhardt.

Hirschmanner: Auf dein Wohl!

WOHNUNG KURT. – Kurt sitzt da, die Fotokopien in der Hand. Das Kuvert liegt auf dem Tisch. Ihm gegenüber Anna. Sie nimmt den zweiten Satz Kopien an sich.

Anna: Die sind für mich.

Kurt (liebevoll): Ist dir das alles so wichtig?

Sie steckt den zweiten Satz Kopien in das Kuvert zurück.

Anna (dezidiert): Ja.

Kurt (eifersüchtig): Das versteh ich nicht.

Anna (nach einer Weile): Du hast recht – gib her das Zeug, ich verschwinde.

Sie nimmt die Kopien vom Tisch. Kurt stellt sich in die Tür.

Kurt: Bevor du gekommen bist, hab ich mir so gewünscht, du würdest nur neben mir sitzen...

Anna denkt nach.

Anna: Ich weiß, es ist schwer – unter diesen Umständen. Mein Interesse an *dir*... und dann der Hans... und das Haus... Ich weiß gar nicht mehr, was wirklich *meine* Interessen sind...

Kurt: Das sag ich ja die ganze Zeit.

Anna denkt nach.

Anna (ruhig): Kurt, ich hab gehofft, daß du mir bei meinen Problemen hilfst. Und nicht noch welche schaffst. Du bist doch einer... der zupackt.

Kurt mißversteht sie.

Kurt (euphorisch): Bringen wir das alles doch endlich hinter uns!

Er nimmt ihr die Kopien, die sie ihm weggenommen hat, aus der Hand.

BIEDERMEIERHAUS, LADEN UND WERKSTATT. – Lammer arbeitet. Anna kommt.

Karl Lammer: Wo warst du vorletzte Nacht?

Anna: In einem Abendkurs.

Karl Lammer: Abendkurs?

Anna: Ja, von der Gewerkschaft. Über Arbeitsrecht. Da

hat einer die unglaubliche Behauptung aufgestellt, daß es den Arbeitgeber nichts angeht, wo der Arbeitnehmer seine Nächte zubringt. Eine Frechheit, nicht wahr?

Karl Lammer (aggressiv): Ich hab gefragt, wo du warst!

Anna: Ich krieg noch den Lohn von vier Wochen!

Karl Lammer: Ja, ja.

Anna: Nicht: ja, ja. Jetzt gleich!

WOHNUNG HANS, ARBEITSZIMMER. – Kurt sitzt Hans in dessen Arbeitszimmer gegenüber. Er hat die Fotokopien in der Hand und schaut auf die Landkarten.

Kurt: Sie machen Ihre Geschäfte schon weltweit! Allerhand!

Hans (relativ gelassen): Sie haben mir noch nicht geantwortet.

Kurt: Ich weiß, daß Sie nicht der einzige sind. Und daß ähnliche Unterlagen in anderen Tresoren liegen. Aber *die* sind halt aus Ihrem.

Hans: Sie werden doch nicht glauben, daß ich diese Summe allein aufbringen kann.

Kurt: Ihr Problem.

Hans: Nein, Ihres. Denn mich stört's am wenigsten, wenn Sie die Sache auffliegen lassen.

Kurt: Machen Sie das mit Ihren Partnern aus, wen was mehr und wen was weniger stört.

Hans denkt nach.

Kurt (scharf): Herr Dr. Lammer, wenn Sie glauben, Sie können mit mir spielen –

Hans: – dann irre ich mich. Sagen Sie's doch, Sie schrecken ja offensichtlich auch sonst vor keiner Plattheit zurück.

Kurt (wütend): Ich gebe Ihnen noch fünf Minuten.

Hans: Lassen Sie uns davon ausgehen – nur damit wir die Möglichkeit einmal durchspielen –, daß Sie Geld brauchen, und zwar rasch. Auf die Hand. In dem Fall würde ich alles von meinem Konto abheben, und Sie könnten morgen mit zwei Millionen nach Haus gehen.

Kurt: Zwei Millionen?

Hans: Wenn Sie nicht darauf eingehen... Bargeld ist rar in unserer Branche... da heißt's dann warten... Vielleicht reißt Ihnen die Geduld, und Sie haben dann gar nichts.

Kurt: Doch, die Unterlagen. Und aus denen geht auch hervor, daß Sie das Haus abreißen wollen, in dem Ihr Vater wohnt.

Hans steht betroffen auf.
Kurt grinst ihn an.

Hans: Also was wollen Sie?

Kurt: Zwei Millionen? Gut. Bis morgen.

Kurt geht.
Hans schaut sich lange die Pläne an der Wand an.

BIEDERMEIERHAUS, STRASSE DAVOR. – Ein Beamter kommt zur Tür des Ladens. Die Tür ist verschlossen, ein Schild hängt daran: »Komme gleich.« Er geht zum Haustor.

BIEDERMEIERHAUS. – Der Beamte geht von Wohnungstür zu Wohnungstür, läutet, klopft.
Nichts rührt sich.

BIEDERMEIERHAUS, STRASSE DAVOR UND LADEN. – Der Beamte kommt aus dem Haus, geht am Laden vorbei. Er entdeckt, daß das Schild »Komme gleich« fehlt. Er geht in den Laden.

BIEDERMEIERHAUS, WERKSTATT UND LADEN. – Der Beamte geht hinauf in die Werkstatt.

Beamter: Ist da wer?

Er schaut sich um, erblickt einen Erhängten. Dem Beamten wird übel. Er reißt sich zusammen, rennt davon.

BIEDERMEIERHAUS, STRASSE DAVOR UND FENSTER DES ZOOLOGEN. – Der Beamte läuft aus dem Laden und ruft Passanten herbei.

Beamter: Schnell, Sie, kommen Sie her!

Der Zoologe sieht das vom Fenster aus, offenbar weiß er, was passiert ist. Er rennt vom Fenster weg.

Die anderen Mieter des Hauses drängen sich bereits um den Beamten, der Zoologe kommt dazu.

Zoologe: Regen Sie sich nicht auf. Es ist ja nichts passiert. Kommen Sie herein.

Er drängt den Beamten in den Laden. Der sträubt sich.

Beamter: Nein, da nicht! Da, wo sich einer aufgehängt hat.

Zoologe (zum Beamten und den Umstehenden): Es hat sich niemand erhängt.

Er zieht ihn in den Laden.

Die Passanten zerstreuen sich langsam.

BIEDERMEIERHAUS, LADEN UND WERKSTATT. – Der Zoologe drängt den Beamten die Stufen zur Werkstatt hinauf. Er gibt der Puppe einen Tritt.

Karl Lammer kommt aus seinem Versteck.

Karl Lammer: Was machen Sie mit mir?

Der Beamte erholt sich langsam. Er ist erbost, kramt aus seiner Tasche die Ladungen. Die Mieter, die inzwischen nachgekommen sind, schauen Lammer vorwurfsvoll an. Der schaut beschämt zu Boden.

Der Invalide stößt Lammer von hinten mit der Krücke in den Rücken.

Invalide (leise und wütend): Wir haben Ihnen gesagt, Sie sollen das nicht machen.

Anna kommt dazu.

WOHNUNG KURT. – Kurt ist besoffen und bester Stimmung. Er hat die lange Schnur des Telefons so um sein Bein gewickelt, daß er den Stecker aus der Dose reißt.

Kurt (lallt): Na, Alte, warum geht's jetzt? Ich kenn doch die Weiber... einen roten Teppich muß man euch legen... He, du!... Ist schon wieder unterbrochen.

Er wirft den Hörer zu Boden. Er wählt, ohne den Hörer vorher aufzulegen. Dann sucht er den Hörer. Er steigt auf eine auf dem Boden liegende Farbtube, die Anna vergessen hat, streift die verschmierte Schuhsohle am Hörer ab. Dann merkt er, daß das der Telefonhörer ist.

Kurt: Da ist er ja.

Er hebt den Hörer auf, der voll Farbe ist.

Kurt (zum Hörer): Wie schaust denn *du* aus? Ah... deshalb sagst nichts. Aber vor mir brauchst dich nicht genieren... Gehst dich halt nachher waschen. (Ohne den Hörer ans Ohr zu legen, redet er:) Verbinden Sie mich mit dem Langen... (Er lacht.) Na, mit dem langen Depperten. (Er lacht.) Sie wissen eh. Mit meinem Freund in der Anzeigenabteilung... (Er lacht.) Hast schon eine gefunden?

Und ist sie so, wie ich gesagt hab?

Größer als dem Lammer seine, mehr Zimmer, zwei Bäder, und ganz oben. Über den Dächern von Wien. Damit wir auf den Lammer runterschauen können. Weil das Geld spielt keine Rolle.

Er stolpert über das Telefonkabel und fällt auf den Teppich. Bleibt bewegungslos liegen.

Kurt (schreit plötzlich): Anna!

Er schaut sich um, merkt, daß das Kabel nicht steckt.

Er kriecht zum Anschluß, steckt das Kabel hinein.

Wählt, wartet.

Kurt: Anna, ich bin's.

BIEDERMEIERHAUS, LADEN. – Anna am Telefon. Im Hintergrund sitzt Lammer, er ist niedergeschlagen. Anna bemerkt, daß Kurt besoffen ist.

Anna: Was ist mit dir?

Was für Geld?

Sie rennt hinaus.

BIEDERMEIERHAUS UND STRASSE DAVOR. – Anna stürzt aus dem Laden. Hans steigt aus dem Auto.

Hans (ruft ihr zu): Anna!

Sie läuft weiter. Er fährt ihr nach.

WOHNUNG KURT. – Anna kniet neben Kurt und rüttelt ihn. Langsam kommt er zu sich.

Anna: Was ist los?

Kurt (halb bewußtlos, aber elegisch): Aaah... Annaaa... alles gelöst... alle Probleme... und der Laaaammer zaaahlt.

Anna: Was zahlt der Lammer?

Kurt: ...alle Probleme... wenn ich einmal zupack...

Anna (aufgeregt): Warst du bei ihm?

Kurt nickt träumerisch.

Anna (schreit): Nein!

Sie springt auf. Sie sieht die Kopien am Tisch liegen, besudelt von Getränken. Kurt ist wieder in Bewußtlosigkeit gefallen. Anna tritt ihn.

Anna (schreit): Red schon! Sag, daß es nicht wahr ist!

Hans kommt ins Zimmer.

Hans: Es ist wahr.

Anna erstarrt. Hans geht zum Tisch, nimmt die Kopien an sich.

Hans: Morgen wollte er abkassieren – dein Märchenprinz.

Er geht. Anna steht da wie vom Schlag gerührt.

BÜRO RABL, VORRAUM ZU KONFERENZRAUM UND KONFERENZRAUM. – Die Tür zum Konferenzraum steht offen. In ihr Rabl und ein Mitarbeiter. Dahinter die Geschäftspartner im Konferenzraum.

Der Mitarbeiter flüstert Rabl etwas zu. Rabl eilt in den Vorraum. Dort ist Anna.

Rabl (ungehalten): Was heißt sofort?

Anna: Sie werden doch eine Dame nicht warten lassen, Herr Kommerzialrat.

Rabl: Das sagen ausgerechnet Sie?

Anna: Sie sind ja keine Dame.

Rabl: Ich kann die Leute nicht wegschicken!

Anna: Ich mach das gern für Sie.

Rabl geht zu seinem Mitarbeiter, gibt ihm eine Anweisung. Der geht in den Konferenzraum, schließt die Tür.

Anna: Nehmen Sie doch Platz.

Rabl: Wollen Sie noch länger mit mir herumkommandieren? In meinem Büro?!

Anna (setzt sich): Ich will ein Geschäft mit Ihnen machen. In Ihrem Büro.

Rabl: Ein Geschäft?

Anna: Ein todsicheres. Ich verschaffe Ihnen Informationen. Und Sie verschaffen mir ein Haus.

Anna nimmt aus einem Kuvert zwei Blätter der Kopien. Rabl prüft sie aufmerksam.

Anna beobachtet ihn gespannt.

Rabl: Das schaut nicht gut aus für den Eckhardt. Ich kann mir schon vorstellen, daß ich Ihnen das Haus kaufe. Und was sagt Lammer zu dem Ganzen?

Anna: Da bin ich auch neugierig.

INTERNATIONALES INSTITUT IN LAXENBURG, BÜRO. – Hans sitzt zwei Männern in mittlerem Alter gegenüber, einem Polen und einem Algerier, die hier als Wissenschaftler und Bürokraten arbeiten.

Der Pole führt mit Hans die Verhandlung, weil er besser Deutsch spricht. Der Algerier scheint anfangs kein Interesse an dem Gespräch zu haben, ist aber doch der Mann, der in dieser Sache eine Entscheidung zu treffen hat. Hans argumentiert als einer, der um einen Job kämpft.

Pole: Sie sagen selbst: das sind nur Ansätze.

Hans: Ja, aber sehr wichtige. Da steckt schon alles drinnen.

Pole (anerkennend): Ich sage ja nicht, daß es nicht so ist...

Hans (ermutigt): Ich habe mich auf Logistik spezialisiert, weil man heute mit der Nationalökonomie nicht mehr das Auslangen findet. Bedenken Sie, die großen Konzerne, die haben längst alles mit Hilfe der Logistik mathematisiert. Aber die wenigsten Ökonomen beherrschen diese Wissenschaft.

Der Pole nickt anerkennend. Nun beginnt sich auch der Algerier zu interessieren.

Hans: Sie verstehen nicht, wie die internationale Wirtschaft wirklich funktioniert. Sie sehen nur die Auswirkungen, vielleicht auch die Ursachen.

Hans (einmal zum Polen, einmal zum Algerier): Aber wie es von der Ursache zur Wirkung kommt, können sie nicht sagen. Und genauso ist es bei der Entwicklungshilfe. Die Ursache der Armut in der Dritten Welt liegt bei den reichen Industriestaaten, das weiß jeder. Die Wirkung der Entwicklungshilfe kennt auch jeder: die Armen werden immer ärmer. Wie aber dieser Prozeß im Detail funktioniert, wissen die wenigsten. Die Entwicklungsländer müssen das aber wissen, sonst können sie nie was dagegen unternehmen.

Algerier: Und Sie können Wissen geben?

Die beiden sehen einander an.

Hans: Ja.

Pole: Auf diesem Gebiet arbeiten viele Wissenschaftler. Gerade auf diesem Gebiet.

Hans (unsicher): Aber ich habe doch einen ganz neuen Ansatz.

Algerier (unvermittelt): Wir brauchen schon Leute.

In Äthiopien, im Gebiet, wo Seuche ist.

Hans ist verwirrt. Ungehalten packt er seine Unterlagen zusammen.

Hans: Das Problem ist nur, daß ich kein Arzt bin.

Algerier: Das Problem ist auch das Problem von die Leute dort.

Hans (spontan): Mir ist alles recht!

Der Algerier faßt ihn freundschaftlich am Arm, führt ihn in sein Büro.

BÜRO HIRSCHMANNER, VORRAUM UND BÜRO. – Möbelpacker tragen einiges Inventar aus den Räumen.

Die Sekretärin ist wie versteinert.

Hans: Ich hab dir doch Geld überwiesen. Damit hättest du die Miete bezahlen können!

Hirschmanner (lacht bitter): Was willst du? Während ich die Delogierung von anderern betreibe, werde ich selbst gepfändet.

Sie ziehen sich ins Büro zurück. Hirschmanner setzt sich aufs Sofa, schaut beim Fenster hinaus. Hans setzt sich neben ihn.

Hirschmanner: Wie war deine Frage?

Hans: Was du machen würdest, wenn es an dir läge, die Welt zu retten?

Hirschmanner sieht, wie seine Möbel unten verladen werden.

Hirschmanner: Ich würde mich ans Fenster setzen... hinausschauen... und mir denken – wenn niemand was Schlimmeres tut, als ich gerade jetzt... Und du?

Hans: Ich?

Hans sinniert, dann holt er Schriftstücke aus einer Mappe.

Hans: Mach bitte rasch einen Kaufvertrag, in dem das Haus in der Schubertgasse in den Besitz von Anna übergeht. Dann laß Anna sofort ins Grundbuch eintragen.

Hirschmanner: Und ihre Unterschrift?

Hans: Die fälsche ich. Ist mit dem Besitzwechsel das gerichtliche Verfahren hinfällig?

Hirschmanner: Damit wärst du ohnedies nicht durchgekommen.

Hans: Warum nicht?

Lacht leise vor sich hin.

Hirschmanner: Weil ich es hintertrieben habe. Ganz in deinem Sinn – wie sich jetzt herausstellt.

BÜRO RABL. – Anna im Vorzimmer. Der Mitarbeiter ist unsicher und ängstlich.
Rabl stürzt aus seinem Büro. Der Mitarbeiter stellt sich vor Anna.

Rabl (brüllt): Das auch noch! War ihr das nicht genug? Was?! Noch immer nicht genug?

In bedrohlicher Haltung kommt er auf die beiden zu. Der Mitarbeiter drängt Anna aus dem Vorzimmer in das Stiegenhaus. Er macht die Tür zu.

Mitarbeiter (vorwurfsvoll): Warum sind Sie gekommen? Das ist wirklich ein übler Scherz.

Anna sieht ihn verständnislos an.

Mitarbeiter: Das Objekt in der Schubertgasse ist gestern aus dem Besitz des Dr. Lammer in Ihren übergegangen. Ich habe es selbst nachgeprüft.

Anna (tonlos): Aus dem Besitz von Hans... in meinen?

Mitarbeiter: Tun S' doch nicht so, als ob Sie das nicht wüßten.

BEISEL MIT SCHANIGARTEN. – An einem Tisch im Schanigarten sitzt Anna. Von rechts wird ihr ein Glas Wein serviert. Sie schaut auf das Glas. Von links wird ihr ein Bürstenabzug eines Zeitungsblattes hingelegt. Der große Titel des Artikels »Neuer Grundstücksskandal in Wien«. Darüber Bilder von Leuten, die wir nicht kennen, und von Eckhardt. Anna nickt anerkennend. Sie dreht sich zu Kurt und versucht zu lächeln.

Kurt: Für den Lammer könnt das auch gefährlich werden.

Anna schaut ihn skeptisch an.

Kurt (lachend): Nein, nein... Ich wollt dir nur die Schuhe bringen.

Kurt gibt ihr einen Kuß aufs Haar und stellt das reparierte Paar Schuhe auf den Tisch.

Anna streicht ihm über die Hand, während er weggeht.

WOHNUNG HANS, VORZIMMER UND BAD UND ARBEITSZIMMER. – Anna kommt in die Wohnung. Im Vorzimmer stehen halbgepackte Koffer. Sie nimmt einen Schirm aus dem Schirmständer. Sie findet Hans vor seinem Kleiderkasten. Anna attakkiert Hans wild mit dem Schirm. Er zieht sich zurück, schließt sich in sein Arbeitszimmer ein. Sie tritt mit dem Fuß gegen die Tür.

Anna (schreit): Du feiger Hund! Glaubst, du kannst jetzt abhauen?

Sie schlägt mit dem Schirm gegen die Tür, der Knauf bricht ab.

Anna: Ich krieg dich schon noch!

Anna geht zurück ins Vorzimmer. Sie bemerkt bei den halbgepackten Koffern ein Ticket. Sie liest es.

Anna (vor sich hin): Addis Abeba... Äthiopien... ostafrikanisches Grabensystem... geologische Grabenbrüche... Aha...

Sie hat einen Gedanken, nickt. Legt das Ticket zurück und geht aus der Wohnung.

BÜRO HIRSCHMANNER. – Das halbleere Büro. Hirschmanner diktiert der Sekretärin.

Hirschmanner: – weshalb dieses Verfahren einzustellen ist. Punkt. Neue Zeile. In der Anlage die Generalvollmacht von Dr. Hans Lammer. Mit vorzüglicher und so weiter...

Eckhardt stürzt herein.

Eckhardt (aufgebracht): Hirschi, ich sag dir, gib sofort die Unterlagen heraus.

Hirschmanner ignoriert ihn. Zur Sekretärin:

Hirschmanner: Ein neues Blatt Papier. Schreiben Sie...

Eckhardt: Mach keine dummen Witze, die Sache ist ernst.

Hirschmanner: Schreiben Sie: Hirschmanner, Doppelpunkt, nein, schreiben Sie: Hirschmanner brüllt, und jetzt Doppelpunkt.

Eckhardt (wütend): Hirschi, hör mir zu!

Hirschmanner: Stör mich nicht. Ich schreib gerade ein Drama.

(Zur Sekretärin:) Haben Sie das? Hirschmanner brüllt, Doppelpunkt, und jetzt ... (Brüllt:) Schmeißen Sie diesen Kerl hinaus! Rufzeichen!

Eckhardt: Hör auf mit dem Blödsinn. Es ist wirklich ernst.

Hirschmanner steht auf, wirft sich in Positur.

Hirschmanner (ruhig): Schmeißen Sie diesen Kerl hinaus.

Die Sekretärin tut es.

FLUGPLATZ. – Ein Flugzeug hebt ab.

PASSAGIERRAUM IN EINEM FLUGZEUG. – Hans schaut aus dem Fenster, draußen Regen und Wolken.

Neben ihm sitzt ein Mann, der vor sich hin döst.

Ein Armreifen rollt neben dem Mann an das Sitzgestänge. Er steht auf, bückt sich nach dem Reifen, schaut sich um. Einige Reihen weiter hinten steht Anna auf. Der Mann geht ihr entgegen, Anna nimmt den Reifen dankend in Empfang, drängt sich an dem Mann vorbei und setzt sich auf dessen Platz.

Hans schaut sie groß an. Dann zieht er sie an sich, küßt sie. Sie erwidert den Kuß. Der Mann schaut verdattert zu.

Anna: Doch nicht hier.

Hans: Wo denn sonst?

Anna: Gehn wir raus?

Hans: Draußen regnet's.

Die beiden blödeln ernsthaft weiter.

Anna: Ich hab einen Schirm mit.

Hans: Schirm?! Da wart ich lieber, bis es aufhört.

Anna: Wenn's aber nicht aufhört?

Der Mann steht noch immer da. Er reißt die Augen auf. Er sieht einen aufgespannten Schirm über Anna und Hans.

SCHLUSSTITEL

Die Personen und ihre Darsteller

Anna	*Krista Posch*
Hans	*Peter Gruber*
Kurt	*Vitus Zeplichal*
Willi Eckhardt	*Toni Böhm*
Hirschmanner	*Michael Gampe*
Karl Lammer	*Siegfriet Steiner*
Herr Rabl	*Rolf Kutschera*
Frau Rabl	*Gertraud Roll*
Zoologe	*Hans Kothbauer*
Invalide	*Joe Trummer*
Dozent	*Miguel Herz-Kestranek*
Vinzenz Perner	*Georg Trenkwitz*
Sekretärin von Hans	*Hilke Ruthner*
Resolute Sekretärin	*Julia Gschnitzer*
Saufbruder	*Michael Scharang*
Altes Ehepaar	*Fritz Widhalm-Windegg*
	Elsa Kopitschek

Stabliste

Ausstattung	*Eva Janes*
Requisiten	*Alena Urbankova*
	Peter Heppe
Garderobe	*Christine Andel*
Maske	*Ela Kodrnja*
Ton	*Herbert Koller*
Schnitt	*Michou Hutter*
	Eva Schneider
Kamera	*Franz Riess*
	Helmuth Tiefinger
Regieassistent	*Eva Maria Stelljes*
Aufnahmeleitung	*Hermann Wolf*
	Richard Fritz
Produktionsleitung	*Victor Korger*
Redaktion	*Werner Swossil*
	Alexander Wesemann
Regie	*Georg Lhotsky*

Eine Produktion von ORF und WDR,
hergestellt von der WIEN-FILM, Wien.

Hans und Anna sind seit langem befreundet. Er hat aus politischen Gründen seinen Posten in einem Ministerium verloren und ist in das Maklergeschäft eines alten Freundes eingestiegen. Anna steht seiner dubiosen Beschäftigung skeptisch gegenüber.

Anna studiert Geologie und verdient sich ihr Geld als Restauratorin beim Vater von Hans, einem Altwarenhändler in der Wiener Vorstadt. Der Besitzer des Hauses, in dem der alte Lanner wohnt und arbeitet, ist gestorben. Lanner und die anderen Mieter wollen das Haus kaufen.

Hans soll im Auftrag seines Kompagnons, eines stadtbekannten Spekulanten, genau jenes Haus erwerben und es schleifen lassen. Für die juristische Kleinarbeit sichert sich Hans die Mitarbeit seines Freundes Hirschmanner, eines heruntergekommenen Rechtsanwaltes.

Anna möchte, daß Hans seinem Vater hilft, das Haus zu erwerben. Hans verschweigt ihr, daß er es bereits für seinen Kompagnon zu Spekulationszwecken erworben hat.

Anna fühlt sich von Hans im Stich gelassen und erhofft sich Hilfe von Kurt, nun, als bereits mit der Delogierung der Mieter gedroht wird. Kurt ist ein junger Journalist, der Wiener Spekulationsaffairen auf der Spur ist.

Die Beziehung zwischen Hans und Anna scheint wieder zu sein wie früher, als er sich wieder seiner wissenschaftlichen Arbeit widmet. Aber Anna bleibt skeptisch, weil sie von Kurt erfahren hat, daß Hans zum Kreis der gerissensten Makler Wiens gehört.

Anna vertraut sich Kurt an.

Auf den Rat von Kurt hin verschafft sich Anna aus dem Tresor die Geschäftsunterlagen vom Haus.

Kurt, der Anna weniger helfen als ganz für sich gewinnen will, versucht Hans mit den von Anna entwendeten Geschäftsunterlagen zu erpressen. Die Aktion scheitert kläglich.

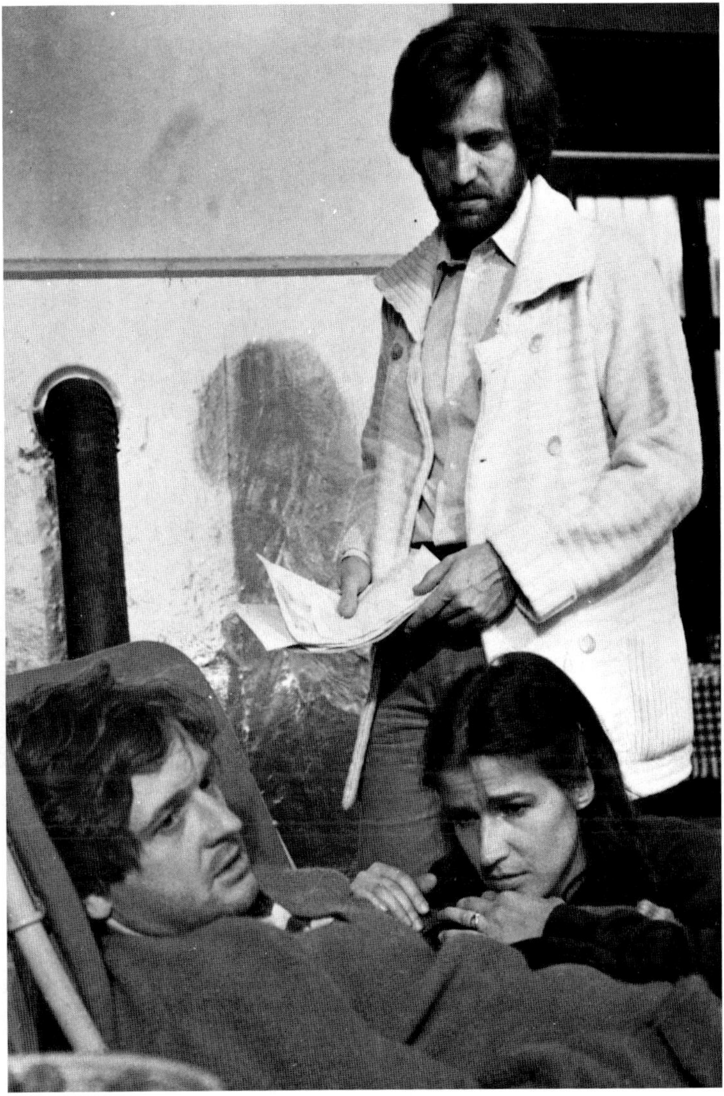

Hans wächst die ganze Sache über den Kopf. Er läßt von Hirschmanner das umstrittene Haus auf Anna überschreiben und sein Büro auflösen. Er möchte ins Ausland.

Der Makler Eckhardt, der fürchten muß, daß seine Machenschaften nun ans Licht kommen, wird von Hirschmanner hinausgeworfen.

Im Flugzeug nach Addis Abeba glaubt sich Hans allem entronnen. Doch auch Anna ist in dieser Maschine.

Aus Gesprächen, eingefangen und aufgenommen während und nach den Dreharbeiten

Tonassistent: Ich habe eine Frage an den Regisseur: Ob er es für möglich hält, Auflösungen, die er für sich schon getroffen hat, während des Drehens für den Ton umzugestalten? Ob es überhaupt Möglichkeiten gibt, den Ton in einer Form zu gestalten, die nicht immer mit Realismus etwas zu tun hat.
Regisseur: Ich halte die Überlegung, einmal einen Film zu machen, in dem der Ton eine eigene dramaturgische Erzählebene einnimmt, für aufregend und schön, nur würde das ein Drehbuch voraussetzen, das entsprechend geschrieben ist. In literarischen Drehbüchern spielen solche Gedanken bisher kaum eine Rolle.
Tonassistent: Könnte man nicht dennoch ein eigenes Tonkonzept entwickeln?
Regisseur: Das würde für mich heißen, das Drehbuch zu schreiben. Pudowkin hat gesagt, der Ton wird den Film ruinieren, wenn er nur dem Geschehen folgt. Ich weiß nicht, wie konsequent er diese Idee verfolgt hat, aber ich finde sie faszinierend. Im Moment ist der Ton nur eine Untermalung.

*

Innenrequisiteur: Ich bin noch nicht recht draufgekommen, was eigentlich meine Aufgaben sind. Ich war immer glücklich, wenn der Kaffee allen geschmeckt hat und wenn die Statisten rechtzeitig mit ihrer action begonnen haben. Dadurch, daß mein Aufgabenbereich nicht genau abgegrenzt ist, ist die Arbeit für mich sehr abwechslungsreich und daher sehr schön. Ich habe einmal fünf Jahre studiert und mache seit ungefähr zehn Jahren jedes halbe Jahr etwas anderes.

*

Darsteller des Hans: Ich halte mich nicht für intellektuell. Die Figur aber halte ich für einen merkwürdigen Intellektuellen, vom Charakter her äußerst schwierig und zerrissen. Jemand, der von einem Extrem ins andere fällt, ein äußerst extremer Fall.

*

Darstellerin der Anna: Für mich ist das die Geschichte einer Frau, die draufkommt, daß sie irgendwas ändern möchte, die von Männern umgeben ist, mit denen sie nicht wirklich reden kann. Und die Frauen, die ihr unterkommen, mit denen klappt das auch nicht. Ich find das gar nicht überzogen. Ich find den Film irrsinnig normal, obwohl er garantiert kein normaler Film ist.

*

Darsteller des Hans: Meine Schwierigkeit war, daß durcheinander und nicht chronologisch gedreht wurde. Ich bring ja eigentlich nichts ein als mich und muß noch dazu eine Figur spielen, die nicht ganz klar, sondern sehr schwierig ist. Deshalb wär's für mich der Idealfall gewesen, von Anfang an mehr von der Figur zu wissen: von ihrer Umgebung, von ihren Beziehungen, und davon nicht erst zu erfahren, wenn es sich ad hoc ergibt. So hat sich für mich erst im Lauf von zwei, drei Wochen ein Leben zusammengefügt, da mir gewisse Grundbedingungen nicht von vornherein klar waren. Das war eine Schwierigkeit auch beim Spielen.

*

Darstellerin der Anna: Für mich war die Anna erst einmal etwas Schreckliches. Mir hat sie sich im ersten Augenblick als ruppig, kalt und berechnend gezeigt. Dann habe ich mir gedacht, wahrscheinlich aus meinem Oppositionsgeist heraus, da ist sicher noch etwas anderes. Beim Weiterlesen bin ich draufgekommen, daß jeder Mensch einmal das Stadium Anna durchlebt. Das Stadium Anna ist für mich der Moment, wo man plötzlich alles mit anderen Augen sieht. Für mich ist Anna eine Figur geworden, die offen ist und etwas sucht.

*

Filmarchitektin: Beim Film ist die Zeit der Vorbereitung kürzer als am Theater; die Möglichkeit etwas anzubieten, zu verwerfen, zu ändern und sich irgendwann nach Wochen auf ein Endprodukt zu einigen, ist nicht so gegeben, weil es eben jeden Tag eine Premiere gibt.
Darstellerin der Anna: Ja, im Gegensatz zum Theater habe ich beim Film den Eindruck gehabt, da sind am ersten Tag schon zwei, drei Ergebnisse vorhanden, und am letzten Tag weiß man eigentlich erst, wie's geht, kennt man sich erst. Die Premiere war lange vorher schon, das ist ganz was Eigenartiges.

*

Tonmeister: Der gravierende Unterschied zwischen Bild und Ton ist der, daß das Bild abgrenzbar ist und der Ton nicht. Daraus resultieren die größten Probleme beim Drehen. Weil der Umweltlärm von überall herkommen kann. Andererseits entspricht es aber der Realität, daß man auch Dinge hört, die man nicht sieht. Was ich zur Arbeitsweise dieses Films sagen möchte: durch Einsatz von Video besteht die Möglichkeit, sofort zu sehen, was man dreht. Dadurch gibt es an Ort und Stelle die Möglichkeit einer Kommunikation über alle ästhetischen Fragen. Es war in vielen Fällen schon so, daß wir sehr komplizierten Voraussetzungen gegenüberstanden. Oft hatten wir großes Glück, daß bei einer Einstellung, die allen die beste erschien, dann auch noch unser Ton gut war.

*

Darsteller des Hans (zum Regisseur): Ich hatte zuerst eine Vorstellung von einer Szene, dann hast du mir oft eine andere Variation angeboten, und dann kam noch die Technik – und es war sehr viel Technik –, und dann muß ich noch versuchen, mich auch diesen Umständen anzupassen.
Kameramann: Wenn ich mit einer Vorstellung, wie ich das Licht setze, zum Motiv komme, und wir die Einstellung besprechen, und wenn ich dann sehe, aha, der Raum ist ja nieder, so muß ich sofort umschalten und schauen, daß ich unter diesen Gegebenheiten zum gleichen Ergebnis komme. Und das mache ich ununterbrochen.
Darsteller des Hans: Genau das gleiche habe ich gemacht.
Kameramann: Aber ich habe damit keine Probleme. Das gehört bei mir zum Filmen. Ich will aber nicht verschweigen, daß es mitunter sehr schwierig ist. Einmal haben wir eine Auflösung zwei Stunden lang probiert, zwanzigmal gedreht, und ich war nicht zufrieden, da habe ich plötzlich zu weinen angefangen, weil ich nicht wußte, woran es liegt, was man ändern könnte.
Regisseur: Das ist ein Punkt, der mich oft beschäftigt: woran es liegt, daß es Tage gibt, an denen alles von selbst zu funktionieren scheint, an denen es eine beinahe vorsprachliche Verständigung gibt, als würde man miteinander musizieren. Und dann wieder Tage, an denen alles hakt und nichts weitergeht.
Darsteller des Hans: Das ist auch für mich das Schwierigste. Lange Proben, dann etwas zwanzigmal drehen. Ich habe dabei einmal das Gefühl gehabt, innerlich schon tot zu sein.
Regisseur: Dieser Druck beim Filmen, daß man an einem Tag das und das unter Dach und Fach bringen muß, hat auch sein Gutes. Denn gerade diese Umstände erzwingen eine Kreativität über jedes Konzept hinaus.
Darsteller des Hans: In der Szene im Lokal habe ich mir zum Beispiel überlegt: da sitzt der Hans vor dem Essen und ißt nicht. Wie drücke ich das jetzt aus, daß er nicht nur keinen Hunger hat, sondern daß er in einer Anspannung ist, die uner-

träglich ist. Da habe ich das Gefühl gehabt, das drückt sich zu wenig aus. Ich weiß nicht, ich habe da keine Lösung gefunden.
Regisseur: Gott sei Dank, du sollst ja auch keine Lösung spielen.
Darsteller des Hans: Oder bei der Eifersucht von Hans. Ich bin der Meinung, daß Intellektuelle, wenn sie gefühlsmäßig ausflippen, das sehr stark tun. Und als ich das einbringen wollte, hast du es zurückgenommen, hast gesagt: leise, klein…
Regisseur: Weil es im Verhältnis zum Bild so sein muß. Sonst wird es theatralisch.
Darsteller des Hans: Von was gehe *ich* dann aus?
Regisseur: Vom Vertrauen zu dir.
Darsteller des Hans: Und wo ist dann die Figur?
Regisseur: In jedem Kader.
Wir haben übrigens vor den Dreharbeiten viel über den Stil dieses Films geredet und gemeint, alle Details, alle Dinge müßten eine große Rolle spielen. Die Dinge sind so wichtig, man sollte ihnen durch den Schnitt die entsprechende Bedeutung geben. In der konkreten Arbeit wurde das ganz anders. Ich fragte mich, wozu soll ich etwas zerschneiden, das Problem ist doch, daß es zwischen den Hauptpersonen ein unzerschnittenes Band gibt, trotz aller neurotischen Spannungen. Und das drücke ich eher aus in unzerstörten Einstellungen. Das ist auch erst während der Arbeit entstanden.

MICHAEL SCHARANG

Fürs Fernsehen schreiben heißt gegens Fernsehen schreiben

Wenn ein Schriftsteller meint, er arbeite autonom, er sei unabhängig, gilt das mit Recht als naiv. Meint er jedoch das Gegenteil, ist er auf dem besten Weg, korrupt zu werden. Wenn man etwas nicht sein kann, zum Beispiel frei und unabhängig, weil die Verhältnisse es nicht gestatten, muß das ja noch lange nicht heißen, daß man es nicht sein will. Das Wissen um die Verhältnisse, wie sie sind, ist notwendig, aber es wird zu einem langweiligen und unfruchtbaren Wissen, wenn es nicht gepaart ist mit einer Phantasie, die sich bessere, schönere, kurzum menschlichere Zustände ausmalt.

So weiß ich zwar, daß ich für die Schreibtischlade schreiben würde und vom Schreiben nicht leben könnte, gäbe es keine Verlage, Rundfunkanstalten, Zeitschriften und Leute, die Lesungen veranstalten, dennoch würde ich keine Zeile schreiben wollen, hätte ich das Gefühl, *für* einen Verlag usw. zu schreiben. Die Verlage usw. bringen die Arbeit des Schriftstellers unter die Leute. Unter Leute, die mir großteils so unbekannt sind wie der Verteilungsapparat. Liest, hört oder sieht jemand meine Arbeit, so habe ich zwar für ihn geschrieben, er hat aber meine Arbeit vom Markt bezogen, nicht von mir. Nun kann man sagen, daß die Leser, Hörer und Zuschauer, wie anonym auch immer für den Autor, auf jeden Fall Menschen sind, aber was sagt das schon: Leser usw. können sie ja wieder nur kraft des Marktes sein, der ihnen eine Ware zum Konsumieren liefert. Nun scheint der Markt noch viel anonymer zu sein, als es Institutionen wie Verlage und Rundfunkanstalten sein können. Und wenn ich schon mit dem Gefühl nicht schreiben kann, für eine dieser Institutionen zu arbeiten, dann noch weniger mit dem Gefühl, für den Markt zu arbeiten.

Die naheliegendste Reaktion auf dieses Dilemma ist, zu sagen, man schreibe für sich selbst. Sie ist redlicher als so manch andere Behauptung, aber doch nur eine halbe Wahrheit. Denn willentlich nur für sich, unwillentlich aber für den Markt zu arbeiten, ist ein toter Widerspruch. Der Markt ist ja nicht so anonym und abstrakt, wie er sich stellt; und er stellt sich nur so, um leichter seine Opfer zu finden. In Wirklichkeit ist er eine exemplarische Erscheinungsform der jeweiligen gesellschaftlichen Verhältnisse. Der Künstler, der vor der Realität des Marktes die Augen verschließt, gerät in Gefahr, auch blind zu werden gegenüber dem, was schrecklich ist an den bestehenden Verhältnissen, und schließlich blind gegenüber seinem Schicksal und dem seiner Mitmenschen.

Die meisten Schriftsteller lachen mit Recht über die Frage, für wen sie schreiben, weil sie wissen, daß jede denkbare Antwort ohnedies nur eine verlegene Absichtserklärung sein kann. Mir mißfällt diese Frage jedoch deshalb, weil sie von der wichtigen Frage ablenkt, *gegen* wen man denn schreibe. Da der Markt menschen- und naturfeindlich ist, insofern er alle Lebewesen und Dinge zu Waren macht, wird für die Kunst gerade dann, wenn sie bereits total dem Markt einverleibt ist, ein gegen den Markt gerichteter bzw. marktfeindlicher Impetus zur Überlebensfrage.

Der Literaturmarkt sieht relativ harmlos aus, weil hier von einer schrumpfenden literarischen Öffentlichkeit noch der Schein aufrechterhalten wird, es gehe trotz allem noch um Kunst, um Literatur, wenn diese auch längst von journalistischen Büchern bzw. solchen, die von vornherein auf jeden literarischen Anspruch – also auf jeden Erkenntnis- und Wahrheitsanspruch – verzichten, in die Ecke gedrängt wurde.

Ganz anders ist die Situation beim Fernsehen: Bei diesem durch und durch journalistischen Medium muß man sich zuerst einmal fragen, was hier ein Schriftsteller überhaupt zu suchen hat. Am besten nichts, sagen auch die meisten jener Autoren, die hin und wieder ein Drehbuch schreiben. Sie sagen das, weil sie das Fernsehen nicht als ihr primäres Medium betrachten. Angesichts der reduzierten traditionellen Arbeits- und Wirkungsmöglichkeiten ist das für viele Schriftsteller nur ein frommer Wunsch. Sich nun mit dem Fernsehen einzulassen unter der Devise, aus der Not eine Tugend zu machen, halte ich für etwas dürftig: für bloß moralisch und lustlos.

Mehr erwarte ich mir davon, sich zuerst einmal die Schrecken des Fernsehens vor Augen zu führen: Ist schon der Zeitungsjournalismus zum markt- und herrschaftsgeilen Mittel verludert, zum menschenverachtenden Gegenspieler der Literatur und Philosophie, so vervollkommnet der Fernsehjournalismus den Warencharakter der Sprache durch deren restlose Entsinnlichung. Ob der Fernsehjournalist und seine Vorgesetzten das wollen oder nicht: sie arbeiten an dem Herrschaftsideal vom sprachlosen Untertanen. Gefördert wird diese Tendenz durch den Monopolcharakter unseres Rundfunks: Mangels Konkurrenz verzichtet man fairerweise auf Meinung und ist objektiv. So wird oft das Handeln von Politikern nicht beurteilt, sondern man fragt die Politiker um ihre Meinung über ihr Handeln.

Diese harten staatsjournalistischen Normen prägen das ganze Medium, also auch den Bereich, wo Kunst stattfinden soll. Anders gesagt: Kunst dürfte es unter diesen Bedingungen gar nicht geben. Nun gibt es aber, wie sich langsam herumspricht, seit knapp zehn Jahren im ORF eine recht intensive Entwicklung eines Fernsehfilms, der nicht von den schlechtesten österreichischen Schriftstellern geschrieben wird, wobei nicht die schlechtesten Filme herausgekommen sind. Es war eine Aufbruchszeit, die sich nicht beliebig verlängern läßt, jedenfalls nicht für die Autoren; jedenfalls nicht für mich. Wenn man das dritte Drehbuch schreibt, hat das mit Aufbruch nichts mehr zu tun, schon eher mit Gewohnheit. Deshalb bin ich mir gegen-

über skeptisch, deshalb kann ich, wenn ich ein Drehbuch schreibe, das Fernsehen gar nicht genug verteufeln.
Gegen das Fernsehen zu schreiben ist wahrscheinlich schwerer, als gegen den Literaturmarkt zu schreiben, weil man in diesem Berieselungsmedium durch die kleinste unbedachte Routine selbst zum Berieselungsfaktor wird. Ich fürchte, im Fernsehen genügt nicht der wahre Ausdruck, um nicht vom Informationsumfeld assimiliert zu werden, es bedarf des wahren und des *anderen* Ausdrucks. Deshalb ist vielleicht sogar ein kritischer Realismus eine zu schwache Ausdruckssprache fürs Fernsehen; und deshalb geht mein jüngster Versuch, einen Fernsehfilm zu schreiben, in die Richtung, nicht Realität zu beschreiben, sondern eine Wirklichkeit gegen die Fernsehwirklichkeit zu erfinden.
Ich habe in diesem Fall an eine Gegenwirklichkeit gedacht, die offen ist, in der es noch Möglichkeiten gibt, in der dem Ernst des Lebens auch mit Unernst begegnet werden darf, in der Liebe keine therapeutische Kosten-Nutzen-Rechnung für eine letztlich doch ausgewogene Beziehung ist, sondern Glück und Unglück; an eine Wirklichkeit, in der sich die Menschen freispielen können, ohne dabei zu vergessen, daß sie damit noch lange nicht in einem umfassenden Sinn frei sind. Aber besser disponiert für Freiheit durch einen freieren Kopf und ein freieres Gefühl.

GERALD SZYSZKOWITZ

Von einem Steirer, der eigentlich nur Prosa schreiben wollte

Als wir uns 1972 zum erstenmal trafen, im damaligen ORF-Büro in der Argentinierstraße, sagte Michael zu mir, »aber du bist ja gar nicht du, hast du denn einen Bruder, dann war der das, mit dem ich da schifahren war auf der Bürgeralm und im Lachtal«.

Das Mißverständnis mit meinem Bruder hatten wir schnell geklärt, aber die quasi familiäre Beziehung ist uns seitdem geblieben, und immer, wenn wir uns treffen, ist etwas von der heimatlich steirischen Luft um uns.

Unlängst zum Beispiel hat er erzählt, daß er sich jetzt eine echt gamslederne Kniehose zu Hause im Mürztal nähen läßt, und da dachte ich mir, recht hat er, man soll die Liebe zu Wien nicht so weit treiben, daß man zum völlig verwechselbar gekleideten Großstadtmenschen wird.

Besonders aber gefällt mir an diesem Entschluß von ihm, daß diese Zusammenstellung ›knielange Gamslederhose‹ und ›Scharang‹ so schön gegen jedes Klischee ist. Die Bergluft vom Hochschwab und das roseggerisch Mürztalische ist eben doch genauso in ihm drin wie ›Schluß mit dem Erzählen‹, ›Zur Emanzipation der Kunst‹ und seine abstrakten Medientheorien mit dem Jörg Kohlmaier aus Berlin.

Aus dieser unserer steirischen Freundschaft ist auch die haarrißlose Festigkeit zu verstehen, mit der ich auf die ständigen Nachfragen in den letzten Jahren, warum ich denn, gemeinsam mit Gunther Witte vom WDR, immer wieder diesen ›Kommunisten‹ produzieren würde, gleichbleibend stur geantwortet habe, erstens sei Scharang einer unserer wichtigsten österreichischen Autoren, zweitens sei er, und das könne ich eben auch privat bezeugen, eine der wenigen anständigen und couragierten Figuren in unserem Kulturbetrieb, und drittens könne man jemanden, der einer in Österreich zugelassenen Partei angehöre, nicht deswegen von einer Mitarbeit im Monopol-ORF ausschließen, weil diese Partei nicht die Mehrheitspartei sei. Mittlerweile ist Michael Scharang zwar bei keiner Partei mehr, aber sein borstiger Schnurrbart und seine aufmüpfigen Reden bringen jetzt genauso noch wie früher auch ihm bislang Fremde gleich in eine Aggressionsposition.

Als ich unlängst durch ein Versehen in der Terminplanung des Generalintendanten bei der Schlußdiskussion des ›Ersten Österreichischen Schriftstellerkongresses‹ auf dem Podium neben dem Präsidenten des Nationalrates zu sitzen das Vergnügen hatte, fragte der mich auch alsbald leise, »wer ist denn der Schwarze da in der ersten Reihe mit der Pfeifen?«

Dem Präsidenten und mir hatte nämlich ein zum Podium heraufstürmender Dichter das Mikrofon entreißen wollen. Wir hatten es uns zwar nicht aus den Händen ringen lassen, aber nachdem wir relativ siegreich unser Sprachgerät verteidigt hatten, waren wir beide doch ganz verdutzt, daß nun Scharang aufstand und verlangte, man solle den stürmischen Dichter, verdammtnochmal, doch reden lassen, und die von Scharang erbetene Publikumsabstimmung ergab auch tatsächlich ein Pro für eine unbegrenzte Redezeit des mikrofonlüsternen Dichters.

Da der nun zu einem anderen, für Wortmeldungen aus dem Publikum vorgesehenen Mikrofon trat, hatten der Präsident und ich zwar unser Mikrofon gegen die profane Macht fremder Fäuste somit erfolgreich verteidigt, mußten uns aber doch den geistigen Attacken des Michael Scharang in höherem Sinne fügen, denn sein Argument war: gerade eine Schriftstellerversammlung, auch wenn Politiker dabei sind, müsse immer besonders auf die leisen und schwachen Stimmen hören, auch wenn die möglicherweise verwirrt und verwirrend sind, und möglicherweise überhaupt nicht auf der vorher mit allen ›Verantwortlichen‹ abgesprochenen Rednerliste aufscheinen.

Dieses mutige Parteinehmen für einen ›Unvorhergesehenen‹, für einen den vorgesehenen Ablauf ›Störenden‹, ja für einen in den Augen von manchen auf dem Podium sitzenden Ehrengästen vielleicht wirklich ›Unverantwortlichen‹, war typisch für den Autor und Menschen Michael Scharang. Hätte der ›verantwortliche‹ Vorsitzende Nenning, wie er es eigentlich dort gewollt hatte, den ›unverantwortlichen‹ Dichter tatsächlich nicht reden lassen, oder gar überhaupt des Saales verwiesen, wär's ein feiner Parallelfall geworden zu Michael Scharangs klassischem Text ›Ein Verantwortlicher entläßt einen Unverantwortlichen‹, der mit folgenden Zeilen beginnt:

»Jetzt kommen Sie zu mir.
Jetzt sagen Sie es mir.
JETZT IST ES ZU SPÄT.

Warum kamen Sie nicht früher zu mir?
Warum sagten Sie es mir nicht früher?
FRÜHER WÄRE ES NICHT ZU SPÄT GEWESEN.«

Als ich noch Chefdramaturg in Graz war, habe ich im Frühjahr 1971 diesen Text auf die Bühne gebracht. Seine in den ›manuskripten 26‹ abgedruckten 150 Zeilen hatten wir damals, ohne ein Wort zu verändern, als Einakter geprobt, den wir dann als Gastspiel der Vereinigten Bühnen Graz bei der ›experimenta 71‹ in Frankfurt am Main zusammen mit anderen steirischen Kurzstücken von Harald Sommer, Peter Slavik und mir im ›Theater am Turm‹ uraufgeführt haben. Es war einer der wildesten Theaterabende, an die ich mich erinnern kann. Vom Beginn an gab's ebensoviele Zwischenrufe aus dem Publikum wie Text auf der Bühne, und einerseits befeuerte das intelligente Lachen die Schauspieler, andererseits machte ihnen ein immer wieder aufschwellender gaudig-aggressiver Lärm die Arbeit schwer. Schon als der ›Verantwortliche‹ Heribert Just im Steireranzug auftrat, kamen die ersten Witze und das erste fröhliche Gelächter als Antwort aus den hinteren Reihen, aber als dann die ersten sechs Zeilen kalt und präzise kamen, war die Stimmung schon genauso geladen wie auf dem »Schriftstellerkongreß«.

»Jetzt kommen Sie zu mir.
Jetzt sagen Sie es mir.
JETZT IST ES ZU SPÄT.

Warum kamen Sie nicht früher zu mir?
Warum sagten Sie es mir nicht früher?
FRÜHER WÄRE ES NICHT ZU SPÄT GEWESEN.«

Das Wunderbare an diesem Theaterabend war, daß die Intelligenz und das Infragestellen des Textes durch die Zuschauer jeweils fortlaufend mit derselben prägnanten Intelligenz und Infragestellung der Situation im Schauspielertext beantwortet wurde. Ja, das Großartige war, daß die Studenten im Publikum (damals war noch alles »Student«, was in Frankfurt unruhig war) begriffen, daß der Text mit ihrer eigenen Dialektik sich messen konnte, daß hier einer der Sprache ebenso mißtraute wie sie und dazu aber auch noch vermochte, hintersinnige Gemeinheit und Brutalität mit Witz und Begabung auszustellen. Den letzten Sätzen folgte ein Jubel, wie ich ihn mir bei der Planung in meinen kühnsten Träumen nicht hatte vorstellen können.

»Was ich für Sie tun konnte, habe ich für Sie getan.
Es ist dafür gesorgt, daß Sie es
NIRGENDS MEHR so gut haben wie bei uns
NIRGENDS MEHR so glimpflich davonkommen wie bei uns
NIRGENDS MEHR den Mund so voll nehmen können wie bei uns
NIRGENDS MEHR so leicht den Unschuldigen spielen können wie bei uns.«

Der Applaus war überwältigend, aber der komödiantische Höhepunkt dieses heroischen Abends war dann zweifellos ein saukomischer Kleiderdiebstahl in unserem Slavik-Einakter »Amo amas amat«. Als sich da nämlich zwei junge Schauspieler quasi in einer kalten Gartenhütte ausgezogen hatten und sich auf ein matratzenloses Eisenbettgestell legten, hopsten ein paar Zuschauer über die Rampe und warfen Pullover, Hosen, Wäsche und Strümpfe der Akteure ins Publikum. Der im Ablauf des Stückes aber gerade für diesen Moment vorgesehene Auftritt des urösterreichischen Polizisten Adolf Wessely provozierte nun jedoch sofort Solidaritätsgefühle bei den johlenden Frankfurtern, und die Kleidungsstücke wurden alle wieder eingesammelt und den zwei jungen Schauspielern schnell unter die Decke geschoben, denn daß hier die minderjährige Liebe in einem Gartenhaus mit Abführen aufs Kommissariat bestraft werden würde, begriffen alle, und bloß und nackt sollten die Kinder da oben den Polizisten doch nicht gegenübertreten müssen.
Als ich Michael Scharang kurz darauf dann in Wien im ORF-Büro auch persönlich kennenlernte und ihm die Tumulte rapportierte, tat es ihm sofort leid, daß er an diesem Abend nicht bei uns gewesen war, nicht nur wegen dieser seiner eigenen ersten Theater-Uraufführung, sondern weil er die spezielle und außerordentlich dialektische Situation dieses Abends sofort begriffen hatte. Aber immer noch war Scharang der Meinung, sein Text würde sicher noch in der kleinsten Buchauflage besser präsentiert werden als so profan auf einer Bühne. Auch wenn die Realisation offenbar Erfolg gehabt habe. In einem Brief nach Graz hatte er aber immerhin schon während der Proben quasi als nachsichtiges Einverständnis geschrieben: »Was nun den Text ›Ein Verantwortlicher entläßt einen Unverantwortlichen‹ angeht, lege ich unbedingt Wert auf die Feststellung, daß es sich um einen Prosatext handelt, bei dessen Abfassung ich nicht an eine Realisation auf der Bühne gedacht habe. Ich selber will die Rechtfertigung der Bühnenrealisation

des Textes nicht geben, da ich die szenische Konzeption nicht kenne. Sollte der Regisseur eine solche Rechtfertigung fabrizieren wollen, was ich für gut halte, so ließe sich da recht gut an die Kritik von Enzensberger und Michael Krüger anknüpfen.«

Die Stelle von Krüger, die Scharang meinte, lautet etwa verkürzt so: »Gerade in den Texten, die ich für die besten halte, geht es nur noch um sprachliche Abläufe, die den Abstand markieren zwischen der Person und der verselbständigten Sprache. Sie sind auf eine ganz simple Weise Versuche, den abhandengekommenen Sinn der Worte durch Nachsprechen neu zu entdecken... Diese dialektischen Sprachtexte, die an jeweils einem skandalösen Fall dieser Gesellschaft die entweder naturgegebenen oder zwanghaft hingestellten Unterdrückungsmechanismen entwickeln und für deren baldige Abschaffung plädieren, sollten laut gelesen werden ... dann wird deutlich, daß es hier nicht um Literatur als Schöpfung geht, um Fiktionen, um einen mehr oder weniger guten Stil ... sondern diese Übungen im richtigen Sprechen werden zu Übungen im richtigen Denken.«

Das ist aber alles nun schon zehn Jahre her. Heute ist unsere Zusammenarbeit vollkommen anders. Damals, wie gesagt, bekamen wir nur seinen Text und mußten alles andere allein machen, das hier abgedruckte Drehbuch aber ist Satz für Satz in unseren Büros am Küniglberg mit ihm zusammen hin und her gedreht worden, und der Regisseur Georg Lhotsky und die Redakteure von ORF und WDR, Werner Swossil und Alexander Wesemann, haben jede einzelne Einstellung zusammen mit dem Autor tage- und nächtelang untersucht und präzisiert. Das ist zweifellos die weitaus zeitraubendere, aber auch die viel lustvollere Methode. Überhaupt kann ich nicht verstehen, daß so viele Theater und Fernsehanstalten auf das Vergnügen verzichten, möglichst alle Produktionen ausschließlich mit zeitgenössischen Autoren zu erarbeiten, denn nur immer wieder ganz neue Stücke zwingen die jeweilige Produktionsgruppe so einer Uraufführung wirklich, das Leben rundum, die eigene Stadt und den eigenen Staat, aber auch die Nachbarstaaten, wirklich genau und kritisch zu betrachten. Ein guter Aphorismus ist die Weisheit eines ganzen Buches in einem einzigen Satz, und ein guter zeitgenössischer Film ist die seismographische Zeichnung des Zustandes unserer Gesellschaft in nur zwei Stunden. Aber diese zwei Stunden sind halt für unsereinen das Salz des Lebens.

Abschließend möchte ich noch sagen, wie sehr uns alle freut, daß Michael Scharang auch in Zukunft nicht unbedingt mehr ausschließlich Prosa schreiben wird, sondern durchaus seine Widerborstigkeit auch in unsere Arbeit einbringt und doch mehr und mehr Spaß gewinnt an dem Mannschaftsspiel Filmemachen, und zweitens möchte ich betonen, so wie damals beim »Verantwortlichen«, sucht sich Scharang auch heute immer noch einen skandalösen Vorfall der Gesellschaft, um seine Geschichten davon ausgehend und darum herum zu erzählen. Beim »Landarbeiter« war's das Pendlerproblem, beim »Lebemann« eine ins Kriminelle gesteigerte Aussteigersituation, und nun bei der neuesten Geschichte hier ist es eine Grundstückschieberei, in die sich eine Emanzipationsgeschichte verstrickt hat. Insofern haben jene Kritiker keineswegs recht, die ihn beim »Lebemann« schon als einen ausgeschriebenen Boulevardier bezeichnet haben, denn Scharang sucht durchaus immer noch die Auseinandersetzung mit den ›skandalösen Fällen dieser Gesellschaft‹, nur versucht er eben den Eigenheiten des Massenmediums Fernsehen zu entsprechen und seine Geschichten so zu erzählen, daß nicht die meisten Zuschauer sofort und endgültig abdrehen. Die Sprödigkeit seiner Texte für ›eingeweihte Literaturliebhaber‹ ergänzt er mit dem Versuch, auch hin und wieder eine ›Geschichte für viele Leute‹ zu erzählen, die aber doch neben aller Erfolgsträchtigkeit auch ihre Widerhaken und zerrissenen Ösen hat, denn ohne Bosheit kann man unmöglich witzig sein, und ohne Engagement gibt's halt keine Literatur.

